北欧文学译丛

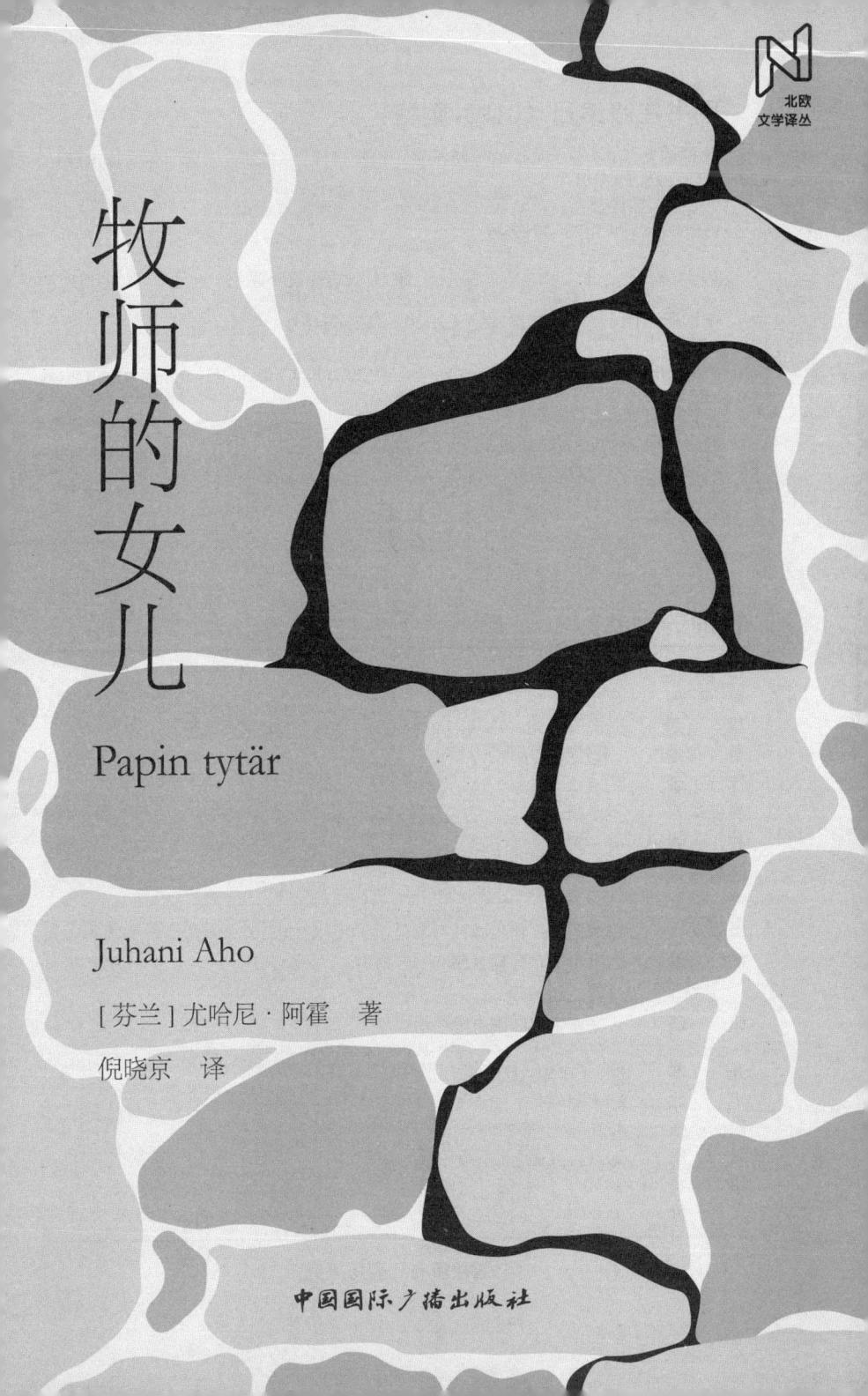

牧师的女儿

Papin tytär

Juhani Aho

[芬兰] 尤哈尼·阿霍 著

倪晓京 译

中国国际广播出版社

图书在版编目（CIP）数据

牧师的女儿 /（芬）尤哈尼·阿霍著；倪晓京译. —北京：中国国际广播出版社，2020.12（2024.1重印）
（北欧文学译丛）
ISBN 978-7-5078-4782-6

Ⅰ. ①牧… Ⅱ. ①尤… ②倪… Ⅲ. ①长篇小说—芬兰—近代 Ⅳ. ①I531.44

中国版本图书馆CIP数据核字（2020）第236646号

Simplified Chinese Translation Copyright©2020 by China International Radio Press Co., Ltd.
All rights reserved
This work has been published with the financial assistance of FILI – Finnish Literature Exchange.

FILI

牧师的女儿

出 品 人	宇　清
总 策 划	田利平
策　　划	张娟平　凭　林
著　　者	[芬兰] 尤哈尼·阿霍
译　　者	倪晓京
责任编辑	笈学婧
校　　对	张　娜
装帧设计	Guangfu Design｜张　晖

出版发行	中国国际广播出版社有限公司〔010-89508207（传真）〕
社　　址	北京市丰台区榴乡路88号石榴中心2号楼1701 邮编：100079
印　　刷	天津鑫恒彩印刷有限公司

开　　本	880×1230　1/32
字　　数	80千字
印　　张	4.75
版　　次	2021年1月 北京第一版
印　　次	2024年1月 第三次印刷
定　　价	45.00元

版权所有　盗版必究

"北欧文学译丛"
编委会

主　编

石琴娥（中国社会科学院外国文学研究所）

副主编

徐　昕（北京外国语大学欧洲语言文化学院）

编　委

（以姓氏汉语拼音为序）

李　颖（北京外国语大学欧洲语言文化学院芬兰语专业）
王梦达（上海外国语大学德语系瑞典语专业）
王书慧（北京外国语大学欧洲语言文化学院冰岛语专业）
王宇辰（北京外国语大学欧洲语言文化学院丹麦语专业）
余韬洁（北京外国语大学欧洲语言文化学院挪威语专业）
赵　清（北京外国语大学欧洲语言文化学院瑞典语专业）

绚丽多姿的"北极光"

——为"北欧文学译丛"作的序言

石琴娥

2017年的春天来得特别地早，刚进入3月没有几天，楼下院子里的白玉兰已经怒放，樱花树也已经含苞待放了。就在这样春光明媚、怡人的日子里，我收到中国国际广播出版社文史编辑部主任张娟平女士打来的电话，想让我来主编一套当代北欧五国的文学丛书，拟以长篇小说为主，兼选一些少量有代表性的短篇小说、诗歌等，篇目为50—80部。不久之后，中国国际广播出版社的王钦仁总编辑和张娟平主任又郑重其事地来到寒舍，对我说，他们想做一套有规模、有品位的北欧文学丛书，希望能得到我的支持，帮助他们挑选书目、遴选译者，并担任该丛书的主编。

大家知道，随着电子阅读器和智能手机的普及，越来越多的人通过电子设备来阅读书籍。在目前的网络和数码时代，出现了网络文学、有声书和电子书，甚至还出现了人工智能创作的作品，纸质书籍受到极大冲击，出版纸质书籍遇到了很大困难。有的出版社也让我推荐过北欧作品，但大都是一本或两本而已，还有的出版社希望我推荐已经过版权期的作品，以此来节省一些成本。而中国国际广播出版社却希望出版以当代为主的作品，规模又如此之大，而且总编辑又亲临寒舍来说明他们的出版计划和缘由，我被他们的执着精神和认真态度所感动，更被他们追求精神品位的人文热情所感动。我佩服出版社的魄力和勇气。面对他们的热情和宝贵的执着精神，我怎能拒绝，当然应该义不容辞地和他们一起合作，高质量、高品位地出好这套丛书。

大家也许都注意到，在近二三十年世界各国现代化状况的各类排行榜上，无论是幸福指数，还是GDP或者是人均总收入，还是环境保护或者宜居程度，从受教育程度和质量、医疗保障到养老、失业等社会保障，还有从男女平等到无种族歧视，等等，北欧五国莫不居于世界最前列，或者轮流坐庄拿冠夺魁，或是统统包圆儿前三名，可以无须夸张地说，北欧五国在许多方面实际上超过了当今世界霸主美国，而居于当今世界发达国家最前列，成为世界现代化发展中的又一类模式。

大家一般喜欢把世界文学比作一座大花园，各个时期涌现出来的不同流派中的众多作家和作品犹如奇花异葩、争妍斗艳。北欧文学是这座大花园里的一部分，国际文学中，特别是西欧文学中的流派稍迟一些都会在北欧出现。北欧的大自然，由于地理位置、自然环境和气候条件，没有小桥流水般的婀娜多姿，而另有一种胜景情致，那就是挺拔参天、枝叶茂盛的大树，树木草地之间还有斑斓似锦的各色野花和大片鲜灵欲滴的浆果莓类。放眼望去，自有一股气魄粗犷、豪放、狂野、雄壮的美。北欧的文学大花园正如自然界的大花园一样，具有一股阳刚的气概、粗豪的风度。它的美在于刚直挺立、气势崴嵬。它并不以琴瑟和鸣般珠圆玉润和撩拨心弦的柔美乐声取胜，却是以黄钟大吕般雄浑洪亮而高亢激昂的震颤强音见长。前者婉转优雅、流畅明快，后者豪迈恢宏、气壮山河。如果说欧洲其余部分的文学是前者的话，那么北欧文学就是后者。正如鲁迅所说，北欧文学"刚健质朴"，它为欧洲文学大花园平添了苍劲挺拔的气魄。以笔者愚见，这就是北欧五国文学的出众特色，也是它们的长处所在。

文学反映社会现实。它对社会的发展其功虽不是急火猛药，其利却深广莫测。它对社会起着虽非立竿见影却又无处不在的潜移默化作用。那么，北欧各国的当代文学作品是如何反映北欧当代社会的呢？它对北欧各国的现代化发展是不是起了推动促进作用了呢？也许我们能从这套丛书中看到一些端倪。

北欧五国除了丹麦以外，都有国土位于北极圈或接近北极圈。北极光是那里特有的景象。尤其到了冬天夜晚，常常能见到北极光在空中闪烁。最常见的是白色。当然有时也能见到五彩缤纷、绚丽多姿的北极光。北欧五国的文学流派众多，题材多样，写作手法奇异多姿，犹如缤纷绚丽的北极光在世界文坛上发光闪烁。

北欧包括5个国家：丹麦、芬兰、冰岛、挪威和瑞典。讲起当代的北欧文学，北欧文学史上一般是从丹麦文学评论家和文学史家勃朗兑斯（Georg Brandes，1842—1927）于1871年末在丹麦哥本哈根大学所作的《十九世纪文学主流》算起，被称为"现代突破"。从19世纪的1871年末到目前21世纪一二十年代的150年的时间里，一大批有才华的作家活跃在北欧文坛上。在群英荟萃之中，出现了几位旷世文豪，如丹麦1944年诺贝尔文学奖获得者约翰纳斯·维尔海姆·延森、芬兰的批判现实主义作家尤哈尼·阿霍、冰岛1955年诺贝尔文学奖获得者哈多尔·拉克斯内斯、获得1920年诺贝尔文学奖的挪威作家克努特·汉姆生以及瑞典文学巨匠——小说家、戏剧家奥古斯特·斯特林堡和荣获诺贝尔文学奖的第一位女作家瑞典的塞尔玛·拉格洛夫等。本系列以长篇小说为主，也有少量短篇和戏剧作品。就戏剧而言，在北欧剧作家中，挪威的亨利克·易卜生开创了融悲、喜剧于一体的"正剧"，被誉为"现代戏剧之父"，是莎士比亚去世三百年后最伟大的戏剧家。瑞典的奥古斯特·斯特林堡所开创的现代主义戏剧对世界戏剧产生重大影响。戏剧是文学的一部分，所以我们在选编时也选了少量的戏剧作品。被选入本系列中的作家，有的是当代北欧文学的开创者，有的是北欧当代文学中各种流派的代表和领军人物，都是北欧当代文学中的重要作家，他们的作品经历了时间考验。

在北欧文坛中，拥有众多有成就有影响的工人作家是其一大特色。有的还获得了诺贝尔文学奖，成为世界级的大文豪。这些工人作家大多自身是农村雇工或工人，有过失业、饥饿或其他痛苦的经历，经过自学成为作家。他们用笔描写自己切身的悲惨遭遇，对地主、资产阶级剥削和压榨写得既具体细腻，又深刻生动。正是他们构成了北欧20世纪以来现实主义文学的主流。在这些工人作家中最突出的有丹麦的马丁·安德逊·尼克索和瑞典的伊瓦尔·洛-约翰松等。对这些在北欧文坛上占有重要地位的工人作家的作品，我们当然是不能忽略的，把他们的代表作选进了这套丛书之中。

除了以上这些久享盛誉的作家外，我们也选了新近崛起的、出生于1970和1980年代的作家，如出生于1980年的瑞典作家乔安娜·瑟戴尔和出生于1981年的挪威作家拉斯·彼得·斯维恩等。他们的作品在北欧受到很大欢迎，有的被拍成电影，有的被搬上舞台。这些作品，虽然没有经历过时间的考验，但却真实地反映了目前北欧的现状，值得收进本丛书之中。

从流派来看，我们既选了现实主义作品，也不忽略浪漫主义、超现实主义和意识流的作品,力求使读者对北欧当代文学有个较为全面的印象。从作家本人的情况看,我们既选了大家公认的声誉卓越的作家的作品,也选了个别有争议作家的作品,如挪威作家克努特·汉姆生,他是现代挪威、北欧和世界文坛上最受争议的文学家。他从流浪打工开始,1920年成为诺贝尔文学奖得主,晚年沦为纳粹主义的应声虫和德国法西斯占领当局的支持者,从受人欢呼的云端跌入遭国人唾骂的泥潭,而他毕竟是现代主义文学和心理派小说的开创者和宗师,在20世纪现代文学中扮演了承上启下的转型角色。我们把他的"心理文学"代表作《神秘》收进本丛书。这部作品突破传统小说的诸多常规要素,着力于通过无目的、无意识的内心独白,以及运用思想流、意识流的手法来揭示个性心理活动,并探索一些更深层次的人生哲理。1978年诺贝尔文学奖得主、美国作家艾萨克·辛格说:"在我们这个世纪里,整个现代文学都能够追溯到汉姆生,因为从任何意义上他都是现代文学之父……20世纪所有现代小说均源出汉姆生。"我们把这个有争议作家的作品选入我们的丛书,一方面是对北欧和世界文学在我国的译介起到补苴罅漏的作用,另一方面也可进一步了解现代文学的来龙去脉,以资参考借鉴。

总之,我们选材的宗旨是:把北欧各国文学史中在各个时期占有重要地位作家的代表作收进本丛书。虽然本丛书将有50—80部之多,但是同150年的时间长河和各时期各流派的代表作家和作品之多比起来,这些作品还是不能把所有重要作家的作品全部收入进来。譬如瑞典作家扬·米尔达尔(Jan Myrdal, 1927—)是20世纪60年代中期出现的一种新兴文学——报道文学的代表人物之一,他的《来自中国农村的报告》(1963)成为当时许多国家研究中国问题的必读参考材料，被译成十几种文字多次出版。尽管他的这本书因材料详尽、内容真实、记载细腻而风靡一时，但在这套丛书中，不得不割爱，而是选了其他在国际上更为著名的瑞典作家作品。

　　本丛书中的所有作品，除了极个别以外，基本都是直接从原文翻译，我们的目的是想让读者能够阅读到原汁原味的当代北欧文学。同英语、俄语、法语等大语种翻译比起来，我们直接从北欧语言翻译到中文的历史不长，译者亦不多，水平不高，经验也不足，译文中一定存在不少毛病和欠缺之处，望读者多多包涵，也请读者给我们提出宝贵的建议和意见，便于我们改进。

　　本丛书能够付梓问世，首先要感谢中国国际广播出版社社长张宇清先生和总编辑王钦仁先生，没有他们坚挺经典文化的执着精神和开拓进取的勇气，这部丛书是不可能跟读者见面的。我还要感谢本书所有的编委，是他们在成书过程中做了大量工作，从选材、物色译者到联系有关国家文化官员和机构，都付出了辛勤的劳动。不仅如此，他们还亲自翻译作品。没有他们的默默奉献和通力合作，这部丛书是难以完成的。在编选过程中，承蒙北欧五国对外文化委员会给予大力帮助和提供宝贵的意见，北欧五国驻华使馆的文化官员们也给予了热情关怀，谨向他们致以衷心的感谢。对编选工作中存在的疏漏和不足，还望读者们不吝指正。

2018 年 6 月
于北京潘家园寓所

石琴娥，1936年生于上海。中国社会科学院外国文学研究所北欧文学专家。曾任中国－北欧文学会副会长。长期在我国驻瑞典和冰岛使馆工作。曾是瑞典斯德哥尔摩大学、丹麦哥本哈根大学和挪威奥斯陆大学访问学者和教授。主编《北欧当代短篇小说》、冰岛《萨迦选集》等，为《中国大百科全书》及多种词典撰写北欧文学、历史、戏剧等词条。著有《北欧文学史》、《欧洲文学史》（北欧五国部分）、"九五"重大项目《20世纪外国文学史》（北欧五国部分）等。主要译著有《埃达》《萨迦》《尼尔斯骑鹅旅行记》《安徒生童话与故事全集》等。曾获瑞典作家基金奖、2001年和2003年国家图书奖提名奖、第五届（2001）和第六届（2003）全国优秀外国文学图书奖一等奖、安徒生国际大奖（2006）。荣获中国翻译家协会资深荣誉证书（2007）、丹麦国旗骑士勋章（2010）、瑞典皇家北极星勋章（2017）等。

译　序

　　与大多数欧洲语言都属于印欧语系不同，芬兰语属于乌拉尔语系的芬兰-乌戈尔语族，与爱沙尼亚语、匈牙利语和拉普语同根同源。因其语法非常复杂，被公认为是同中文、希腊文和阿拉伯文一样难学的语言。芬兰语的文字产生较晚，距今只有不到500年的历史。与我们所熟知的世界上许多其他主要文字不同，芬兰语的文字是出自一位主教之手。16世纪初叶，从属于瑞典王国的芬兰早已皈依基督教。为响应16世纪欧洲宗教改革倡导者、基督教新教路德宗创始人马丁·路德的号召，一些欧洲民族开始陆续使用本民族语言翻译《圣经》并布道传经。芬兰土尔库的主教米卡尔·阿格里科拉（Mikael Agricola，1509—1557）以拉丁字母为基础并结合个别德语和瑞典语的字母创建了芬兰语文字，后来还用芬兰语翻译了《圣经》的《新约全书》。在芬兰从属于瑞典期间，芬兰语还只是处于次要地位的语言，但在1809年芬兰成为沙俄的大公国后，随着芬兰在政治、经济、文化等各方面自治权利的增加，芬兰语也于1863年被赋予与瑞典语同等的官方地位。

　　芬兰语文学起源于17世纪在芬兰民间广泛流传的民间诗歌，18世纪时这些民间歌谣和传说被陆续收集、研究并出版，19世纪中叶被称作"芬兰的荷马"的埃里亚斯·伦洛特（Elias Lönnrot，1802—1884）收集整理和出版了举世闻名的长达12000行的芬兰民族史诗《卡勒瓦拉》（Kalevala，1835）。此时，芬兰出现了许多著名的学者、诗人、作家和戏剧家。其中最负盛名的有芬兰瑞典语诗人约翰·路德维格·鲁内贝格（Johan Ludvig Runeberg，1804—1877），其创作的《我们的国土》是长诗《军旗手斯托尔的故事》中的一篇。诗中再现了1808年至1809年俄国—瑞典战争给芬兰带来的苦难，1848年谱曲后广为流传，芬兰独立后即被定为国歌。阿莱克西斯·基维（Aleksis Kivi，1834—1872）则是芬兰语文学的奠基人。他出身于芬兰南部一个穷苦的裁缝家庭，他从自身经历中取材创作，真实地反映了当时的社会现实，是第一个用芬兰文写作的剧作家和小说家。他的处女作《库勒沃》（1864）取材于芬兰民族史诗《卡勒瓦拉》，代表作《七兄弟》（1870）更被翻译成多国文字。

尤哈尼·阿霍（Juhani Aho，1861—1921），是芬兰著名的批判现实主义作家，在芬兰文学史上的地位仅次于阿莱克西斯·基维，并曾多次获得诺贝尔文学奖提名。

阿霍出身于芬兰中部拉宾拉赫蒂（Lapinlahti）的一个牧师家庭。1880年考入赫尔辛基大学学习，1883年开始从事文学创作和新闻工作，曾先后在芬兰最大报纸《赫尔辛基新闻》的前身《日报》及《新画报》等报社担任编辑。阿霍自幼酷爱文学，学生时代深受芬兰民族史诗《卡勒瓦拉》和北欧文学传统等民族浪漫主义思潮的影响。他的作品大多描写乡村和城市中下层普通人的生活，尤其是反映佃农穷困的生活和悲惨命运。1890年阿霍曾前往法国，受到莫泊桑和法朗士在文学创作上的影响。

阿霍是19世纪80年代至20世纪初期芬兰文坛上的中心人物，他既是一位批判现实主义作家，也是一位富有创造性的散文作家。在他生活的年代，芬兰还是沙皇俄国的大公国，但正在经历着社会、经济和文化发展的巨大变化，民族意识不断加强，民族独立运动日益高涨，并最终于1917年俄国十月革命后获得独立。鉴于阿霍对芬兰文学和芬兰语言，特别是对当代芬兰文字发展所做出的杰出贡献，1906年他作为芬兰首位作家获得国家作家养老金，1907年获得荣誉博士学位。

阿霍的主要作品有《铁路》(1884)、《牧师的女儿》(1885)、《孤独》(1890)、《牧师的妻子》(1893)、《帕努》(1897)、《春天与倒春寒》(1906)、《尤哈》(1911)、《良心》(1914)、《和平隐士》(1916)等。他还创作了许多具有幽默、讽刺意味的短篇小说。

《牧师的女儿》(Papin tytär)是作者第一部中长篇小说，在其批判现实主义文学创作生涯中占有重要地位。小说讲述了一位出生在乡间牧师家庭的、年轻而又生性敏感的女性艾莉的童年与青年时期，以及她对爱情的憧憬与渴望。书中描写了艾莉保守的牧师父亲压抑女儿渴望了解外部世界的自然天性，无视女儿如饥似渴的求知愿望，最后又强行中断她的学业，让她嫁给一个她不爱的男人，从而重蹈了她母亲的生活轨迹，即满足于一场没有爱情的婚姻。作者对当时芬兰社会忽视女孩心智培养和女性教育及女性在婚姻中的弱势地位等问题进行了批判。作者对人物性格的刻画和心理描写深入细致，并带有浓厚的忧郁色彩；对大自然的描写则十分抒情，并与人物的心理活动相互呼应。《牧师的女儿》与作者8年后创作的续篇《牧师的妻子》成为姊妹篇，后者被称作芬兰的《玩偶之家》。

译者于1979年赴芬兰赫尔辛基大学留学，4年后获得芬兰语硕士学位。留学期间曾广泛接触芬兰古典文学，深感阿霍在文学风格上的写实与自然，语言应用上的精美与细腻。由于其遣词用语准确规范，其作品中的许多语句都被作为参考例句收入《当代芬兰语大辞典》（WSOY 出版社，1967 年版）。

在本书的翻译联系过程中，译者曾咨询芬兰文学协会和阿霍协会，并得到北京外国语大学芬兰语专业李颖副教授的协助和中国国际广播出版社编辑的指导，在此一并表示衷心感谢。

倪晓京
2020 年 9 月于北京

倪晓京，1959 年生于北京。1977 年考入北京外国语大学英语系，1979 年赴芬兰赫尔辛基大学留学，获芬兰语硕士学位。1983 年起先后在中国外交部和中国驻芬兰、瑞典、希腊和土耳其使领馆工作，历任外交部欧洲司处长、中国驻芬兰和驻瑞典大使馆政务参赞、驻土耳其伊兹密尔总领馆副总领事等职务，并曾挂职云南省红河州州委常委、副州长。精通芬兰语，多年从事芬兰语高级口笔译及培训工作。曾出版芬兰语译著《俄罗斯帝国的复苏》。

目 录

第一章 / 001

第二章 / 012

第三章 / 018

第四章 / 028

第五章 / 032

第六章 / 041

第七章 / 049

第八章 / 057

第九章 / 061

第十章 / 066

第十一章 / 078

第十二章 / 080

第十三章 / 085

第十四章 / 092

第十五章 / 104

第十六章 / 109

第十七章 / 114

第十八章 / 116

第十九章 / 119

第二十章 / 122

第二十一章 / 128

第一章

她的名字叫艾莉。

她还在很小的时候,就很想爬到梯子上去,先是爬到最下面那一节,接着再往上爬一节,一节、两节,目标是爬到第四节,这一节比其他几节都要粗。然后从那里向下望去,可以看到厨房的台阶,几个讨饭的孩子正在那里玩耍。接着再沿着院子向前看去,小黑正蜷缩成一团在院子中间趴着。她看不到院子两侧外面的世界,因为一侧有门廊的墙壁,另一侧是地窖的山墙。她不敢再往上爬了,尽管不远处就会有另外一节,它同第四节一样粗,在那里她就可以从地窖的屋顶上望过去了。不过在这里她也没能高兴太久,负责照看孩子的女佣发现了她,一把将她拽了下来,并连拉带扯地把她拉走,无论她怎么尖叫着哭闹也不管用。

但是随着年龄的增长,她摆脱了女佣,这样她每天都能再爬高一节。那另一个较粗的梯级是第八节,同地窖屋顶在一个平面上。她从那里小心翼翼地爬上地窖的屋顶,侧斜着身体,胸口微微地颤抖着,担心如果妈妈看见了会喊她离开。可是妈妈并没有看见,那些台阶上的孩子们也没有发现。而当她一旦爬上了地窖屋顶,就谁都看不见她了。在那里,她可以沐浴在屋顶斜面温暖的阳光里,想待多久就多久。

从那里甚至可以放眼看世界！天啊！无论望向哪一个方向都行！越过房屋望向湖面，泊船的湖岸尽收眼底，有从轨架上放下来的小船，也有用来晾晒渔网的木棚。在草场边的湖岸旁，还有一个男子正在拉赫纳湾里撒网捕鱼，船头上坐着一个小姑娘。从那里再往前望去，在湖的另一边是阳光照耀下的伊山高高的山岭，可以看到房屋和金黄色的田野。

越过院子和花园望向公路方向，她可以看到一直延伸到教堂的耕地。公路遮挡在高高的黑麦田后面无法看到，但是她可以从围栏的尖桩和扬起的尘土以及攒动的人头猜出公路的位置。她一个人待在这里却无人知晓，而且可以随意待多久都行，她为此高兴得想跳起来。但是她不敢跳……其他人会看到，也许他们会喊她下来。她最好还是悄悄地伸展四肢趴在屋顶的斜坡上，不要发出任何声响，就像墙缝里的蛐蛐那样……

从厨房通往厅堂的路经过地窖房头。那里总是人来人往，但是谁也没有注意到屋顶上有人。人们会到地窖里去，在那里的门口发出丁零哐啷的声音，餐具盘碟在地窖里被拿来挪去，但是在那里也没有人能猜得到有谁会在屋顶上……她在地窖屋顶上悠闲地趴着，从墙头的位置向下一直可以看到人们的头顶和分开的发际。妈妈也多次光顾地窖，但她也没有察觉到什么……她有时手里拿着什么东西，有时则空着双手。艾莉心里头痒痒的……她在看着妈妈的时候差一点憋不住笑出声来……要是能悄悄地叫一声，或者是往妈妈头上扔点苔藓或木屑什么的……不，不行，最好还是安安静静地一声不吭，人们也许什么时候都发现不了她，她可以在这里待上一个星期……她近在咫尺，而他们却对她的所在毫无察觉……

"艾莉！"下面突然有人在喊，"艾莉在哪里？孩子们，你们看到艾莉了吗？"

那是妈妈在喊叫。艾莉将身体在屋顶埋得更深了，并努力憋着不让自己笑出声来。"妈妈不知道艾莉在哪里……但是艾莉也不要说……让他们先找找看……他们会以为自己在哪里呢？"

"孩子们，你们听见了没有，你们看到艾莉了吗？"

"我们没有看到！"

"你们去什么地方找找看……去花园里或者……"

孩子们跑出去四处寻找。"让他们去找吧……艾莉我才不叫出声呢。"

妈妈在地窖前面等候着，孩子们回来说艾莉不在花园里。妈妈又命令他们去屋子后面和田埂上或者其他地方都找找。可是孩子们在哪里都找不到她的踪影……

妈妈对此感到不安，她开始认认真真地大声呼喊起来。

"哎，艾莉！"她喊道，孩子们也跟着她一起喊。这时艾莉扑哧一声笑了出来，她向下小声喊道："嗨……嗨！"她把头从地窖山墙上向外伸了一点出来，可是妈妈和其他人都没有发现她。

"这声音是从哪里传来的？……你们听到了吗，孩子们？"

"嗨，我在这里藏着呢……嗨，我在地窖屋顶上呢……嘻嘻！"

现在大家都看到她了，她无所顾忌地笑了起来。她以为别人也会像她那样大笑不已呢……

可是妈妈却气得连话都说不出来……

"丫头！""你！你给我马上下来！你快坐起来！待在那里一动也不要动！"

当艾莉说她自己可以爬到梯子那里然后再下来时，妈妈威胁说，如果她不立即待在原地——也就是她现在待的地方，并用手抓牢，一直等到有人爬上去接她，她就会挨打。

艾莉不得不等到家里的长工上来把她从房檐上接到怀里，再放到地上……

她差一点挨打，不过这一次还仅仅是受到了训斥……

她在那里干什么……在地窖顶上……而且未经我们同意？

她只是想看看，能看到那么大的世界……而且她上去又是那么容易……

还什么那么大的世界！如果她摔下来把腿摔断，那才叫见世面呢！让她给我记住，如果她再爬到那上面去，那就……

"妈妈，难道我什么时候都再也不能到地窖顶上去了吗？我不会摔下来的……"

"你任何时候都不许这样做了，你要记住这一点。"妈妈试着很生气地说，说完就离开去厨房了。

"可我仍然还是要去梯子那里的。"艾莉自言自语地说，可是这话却被那些讨饭的孩子们听到了。

"夫人！"他们喊道，"她还要去爬梯子……"

妈妈现在才真的是生气了。

"什么还要去梯子那里……就连最下面的那节都不行……一只脚都不行……你给我记住！"

现在艾莉忍不住哭了出来，她跑到屋子后面去哭。从那里她又来到花园，继续同样地哭泣着……呜，什么时候都再也不能爬到地窖顶上去了……看不到湖边了，也不能顺着耕地望着公路上人来人往地开着的车了……再也不能一个人独处了，不能让别人谁也看不到了。

"为什么在这个世界上一切都如此凄惨？"她有一次听到妈妈这样叹息说，她感到她现在也可以这样叹一口气。叹完气后，她感到自己几乎就已经是个大人了。这就如同某种叛逆的情绪一般占据了她的胸膛。她靠着花园里的桦树站在那里，手里撕扯着桦树皮的碎片，泪水也渐渐干了。

撕扯完了桦树皮，嘴里的碎片也嚼完了，艾莉躺到了草地上，双手交叉着放在头下。她嘴紧抿着在那里躺了很长时间，心里想着，假如他们现在来找她，也许不用再到高处去找了……也许不用害怕她从这里掉下去了……也许不用了，呸！……

树在头的上方呼啦呼啦地响着，桦树枝随风上下摇曳着，但是杨树上只有树叶在抖动，一直不停地抖动着。这一切在艾莉眼中开始显得是那样美妙，以至于让她忘记了自己的伤心与忧虑，只顾着去观察桦树枝干是如何上下摇曳和杨树叶子是如何不停地抖动，以及所有的树木都是如何静静地摇晃着，发出呼呼的声音……

到底是什么东西在这些树上呼啦啦地响，树叶又为什么会抖动？——这些没有答案，也不需要有答案——她的思绪又溜到别的什么地方去了……树上咋就有这么多的叶子……一、二、三、四……十……一百……十个一百……一千……她不想再数了，看着有很多……啊，她要是只鸟就好了……或者她只长着一只翅膀也行，这样她就可以从这里飞到树梢的高度……如果她是一只布谷鸟,她就可以咕咕地叫了,可以一直叫上一天一夜……那棵桦树长得那么高,比房子可高多了……假如她长着翅膀能飞起来,就可以站在它的树梢上叫了……假如整个房子里没有其他人而只有她一个人的时候,她就可以设法爬到树杈那么高,然后再爬呀,爬呀……从一根树枝爬到另一根树枝……再到树梢……然后从那里穿过树枝把头伸出来……看看树的这一边和那一边……一声不吭……当他们回家的时候,谁都不知道。她不会再喊叫了……不会,无论他们怎样再找她。假如夜里也能在树上……

她脑子里一旦钻进这样的想法,就怎么也摆脱不掉了。上树去、爬到那延伸到屋脊上的、高高的桦树上去……在树枝的保护下……那里的感觉会比在地窖顶上或者其他任何屋顶上的感觉都好玩得多。啊,假如能爬到那上面去!于是艾莉从地上跳了起来,跑到那棵桦树旁边……这棵树好粗壮,树枝长得好高,双臂伸开甚至都抱不拢……爬不上去……爬不上去啊!艾莉绕着桦树转了一圈,打量着每一个分杈,可是从哪里也找不到一个低得能爬上去的树杈!假如能爬到那个最矮的树杈上去,那么之后就……可是它也太高了,又没人能把我举起来。——那么这一次就只好不上了,离开这棵桦树走人……

可是想要爬上去的愿望还是会把她带回到花园里。每天总会有许多次,当她还在玩着其他游戏时,突然就会想起那棵桦树来,于是她就会立即跑到花园里的那棵桦树旁。假如有什么办法能爬上去该有多好啊!可是没有!假如能爬到最矮的那根树枝上也行……可是就连最矮的那根树枝也太高了……

假若不是有个教徒家的男孩在,也许艾莉永远也爬不上去了。那个男孩连续几个周六都站在花园栅栏的后面,隔着栅栏看着艾莉是如何试图借助跷跷板上的木马,去够那根最矮的树枝,但是那根树枝还是太高,她怎么试也无法够着……

"你在那里干什么呢?"男孩问道。

"我什么也没干。"

"你爬不上去树?"

"你能爬上去吗?"

"是那棵树吗?"男孩说着就爬过栅栏来到那棵桦树旁边。

"你是谁家的男孩?你如果能爬,你就试着爬上去!"

"我上去干吗?那甚至连花楸树都不是……哪怕长点浆果都行……"

"我随便问问……你可以试着爬爬……其实你也上不去!"

"只要我愿意,我就能爬上任何一棵树。"

"你是要从这个木马上跳上去吗?"

"我不从那里跳……不过如果你给我拿根抬杆或者别的木杈来,我会给你做个样子。"

艾莉从厨房的墙上取来了抬杆。

"抬杆来了!接下来呢?"

"这样就行!"男孩将抬杆顶着树上最矮的枝杈处支好,便顺着它爬了上去。

"现在该我了!"艾莉在下面一边喊着,一边迫不及待地蹦着。"快下来,让我也上去!"

男孩下来后,艾莉脸蛋红扑扑地站在最下面的那根枝杈上，对着站在地上的男孩喊道：

"你现在走吧，小男孩！你马上走开，免得让他们看到我在这里！"

可是男孩并没有离开……他瞠目结舌地望着树上，看见这个女孩正在从一根树枝爬到另一根树枝上，朝着树梢的方向越爬越高，一直到大树的躯干开始摇晃时才停了下来。大树的树干在接近树梢的地方分成了两杈，艾莉便坐在那里，掩藏在一片繁枝茂叶当中。她几乎要在心里头尖叫起来。现在，她终于如愿以偿了！并且还隐藏得如此完美！而她自己却可以透过枝叶看到各个分杈的方向……她待在这里谁都看不见她，除非来到树的正下方……那一边的下面是耕地……公路也看得很清楚……这比房顶要高出许多许多……天啊，天啊！大树在摇晃着，发出呜呜的响声，枝叶在耳边发出美妙的簌簌声！

这种快乐令她如此着迷，让她一时还无法好好地思考这一切。一阵阵甜美的颤动不时地沿着她的脊梁袭上来，她的双颊发出嗒嗒的声音……

这期间那个男孩一直站在下面，仍然在向上望着。

"小姑娘，你还不下来啊……你在那里干什么呢？"可是姑娘并没有听到他在说什么。"我把抬杆拿走了，这样你就下不来了！"但是艾莉连这句话也没有听到。她已经学会了手不需要扶就能坐在那里。但当她身体向后仰时，双手还是要抓紧树枝，一直到把手臂拉直，她可以透过树叶看到头顶上的蓝天……然后再往前倾，用胳膊紧撑着两边的树杈。

这时妈妈恰巧从院子中间穿过，她看到花园里有一个陌生的男孩。

"小伙子，你在花园里干什么呢？你在看什么呢？"

"有个小姑娘在那棵桦树上。"

"什么小姑娘？"

"她不是这户人家的小姑娘吗？她爬到那上面去了……"

妈妈预感到那是艾莉。果然是艾莉。她没有听到妈妈喊她的第一声，也没有听到第二声，一直到妈妈来到树下朝上大声命令她马上下来时，她才听到。艾莉下来时划破了裙子，这让妈妈更加生气。但她并不像艾莉一开始以为的那样怒气冲冲。

不过妈妈还是命人马上去拿枝条来，她现在必须要惩戒一下了……她上次已经专门警告过了……可是艾莉为什么就是不听话？假如艾莉不能好好地待在地面上，那将会意味着什么？

艾莉一开始一声不吭，可是当妈妈再次追问她，这次上树和以前爬到地窖顶上是不是出于同一个原因……是想看看什么世界……还是为了别的什么？她回答说，就是为了这个。而当艾莉一旦把自己的想法说了出来，她便又兴奋地讲了更多，即她在那里感到极其快乐……她不会掉下来的，也不会再划破裙子了……如果她可以只是偶尔地爬一爬……不过是偶尔地……只是爬到最下面的那根树枝上……

妈妈拒绝了，但也没有用枝条抽她。也许应该打她一顿，但是至少这一次妈妈下不了手。妈妈感到应当及时阻止这样的事……当艾莉乞求时，她的眼睛竟会发出一种怎样奇特的光？她先是登梯子上房，现在又是上树。妈妈回忆起自己孩提时代的一些往事，这个小姑娘开始真正让她感到担心了。她不知道是要继续禁止,还是……

她拒绝了,但是当她这样做了以后,女儿有好几天都一言不发,水米不进。夜里妈妈听到她在梦中喃喃私语,好像她正在树上或者房顶上一样,一边拍着手,一边笑着……或者又听到她突然放声大哭,乞求能让她去……能让她去!她哭了很长时间,一直哭到妈妈不得不爬起来把她叫醒……

"你在哭什么呢,孩子?"

"让我待在这里……让我待在这里……我掉不下去的……天啊,你为什么啊?"

女儿在睡梦之中仍然说着,但是醒了之后就停下来不说了。妈妈一个晚上要这样反复叫她好几次。

可是到了早上,她不忍心再拒绝了,于是她还没等艾莉开口便答应女儿可以去爬树了。

小姑娘于是急匆匆地冲出去爬上桦树,在那里她把自己想象成一只咕咕叫着马上要飞往他乡的小鸟……她要飞往远方的度夏地,云彩随着北风飘向那里,那里的树长得比这里的更高,所有人都住在树上。

在那些夜里,妈妈久久难以入眠。她无法理出个头绪来,她到底应该怎样来对待这个小姑娘。她当然能理解孩子的那种愿望,愿望本身并没有什么……她其实并不担心艾莉去爬树或者会摔下来……但是如果一个人在孩提时就这样开始,其本性中会有一种长大以后也不会得到满足的东西……愿上帝保佑她!妈妈这样想着,但是她从来也不愿把这个想法想透。她安慰着自己,也许是她搞错了,也许她只是白白地担心一场。假如她自己不是知道得那样清楚就好了。

可是妈妈接着又想,最好还是跟爸爸说一下。尽管她非常怀疑这是否有什么用处。爸爸通常是搞不明白这些事情的。——而爸爸确实也完全理解错了。

"是啊,我也注意到这件事了,我很奇怪你为什么不去禁止……是的,这不合适,这当然会划破裙子和其他衣服……你必须禁止她这样做……"

"也许你来说说更好……"

"她在哪里?我马上跟她说……"

妈妈把艾莉叫进屋里。这在她看来几乎像是做了件错事,可是也许还是让爸爸一次说清最好……

爸爸先是责备艾莉把裙子划破了。当妈妈看到艾莉对此并不是特别在意时,她几乎有一种满意的感觉。可是接下来爸爸又开始习惯性地嘲笑她爬上爬下,而且还听到她在像一只布谷鸟那样叫……

"你已经是个大姑娘了,还好意思这样孩子气……所有人包括客人都在望着那棵桦树,在笑话你呢……"

妈妈看到艾莉一下子连眼珠子都胀红了,于是明白了爸爸触到了她的敏感之处。艾莉一言不发,整整一个白天什么都没有说。那天夜里,她静静地躺着,尽管妈妈担心她又要开始做梦了。到了早晨,她情绪十分低落,目光避免直视所有人的眼睛。她就这样过了很长时间,就连妈妈也接触不到她的目光。而当后来她们四目相对时,妈妈感到女儿的目光几乎已经变成像是成年人的了。艾莉从此以后再也不提去上树或者上房的要求了。

第二章

　　妈妈常常很想知道，女儿的脑子里此时此刻正在想些什么。她看起来似乎是在一天天长大成人，并且变得越来越严肃。她在躲避着爸爸，也几乎同样躲避着妈妈。这并不奇怪，如果说爸爸一旦开了个头就会总是抓住同一件事招惹和嘲弄她，可是妈妈确实在尝试着比以往更加友好和温柔地对待她。艾莉尤其不愿意被叫上餐桌和大家一起吃饭。她在这件事上往往是非常固执的。妈妈有时也不得不变得严厉起来，才能让她顺从。有时她会在整个晚餐期间踪影全无，无论是怎么喊她还是找她都无济于事。一直到众人四处去寻找她，才会从树林中或者是田垄旁某个奇怪的地方找到熟睡的女儿。这时妈妈不得不责骂她，于是她们之间的关系就会变得更加紧张。

　　爸爸没有注意到快乐的女儿已经变得越来越自闭。他只是偶尔会发现女儿没有上桌，当他情绪不好的时候会斥责几句，而当他心情好的时候则会开几句玩笑，但这也被艾莉看作是对她的嘲弄。特别是碰巧当有哪位客人在场的时候，爸爸就会招惹她。

　　"艾莉，你今天到现在已经划破几条裙子了？"爸爸又开始三番五次地招惹她。

　　"我一条都没有划破。"

"你没有到树上去学布谷鸟叫?"

"没有。"

"我们的这个艾莉是属鸟的……假如她真有翅膀的话……可是也许翅膀还在长呢。"

客人们都跟着爸爸笑了起来,妈妈却看到女儿脸上的表情似乎变得僵硬起来。

"她是只鸟……布谷鸟……在树梢上咕咕地叫,村里的人们都在问,你们家里是不是养了只布谷鸟。"

"现在来叫一下吧,让客人们也听听。"

"艾莉,把面包篮递过来!"

可是艾莉却一动不动。

"艾莉,把面包篮递给爸爸。"妈妈说。

可是艾莉只是呆呆地盯着面前的空盘子。

"艾莉?你是怎么回事?"

"你出去吧,艾莉!"妈妈命令道,把面包篮推给了爸爸。

艾莉站了起来,可是在站起来时把椅子碰倒了,椅背重重地摔在地上,妈妈拿不准这是个意外还是她有意这样做的。但是爸爸却已经气得控制不住自己,一拳砸在了桌子上。他用恼怒的目光久久注视着桌子对面的妈妈,仿佛整件事情全都是她的错。客人们都蒙在那里,不知所措。

客人们走了以后,妈妈来到爸爸的房间,他正在地板上走来走去,生气地抽着烟斗。

"她接受不了你总是嘲弄她……你应该停止这样做……"

"她必须接受!她原来是这样一个野丫头?难道你认为她这样的行为是合适的吗?而且还是当着客人们的面?"

"我可没有这么说……"

"正是如此!当妈妈的必须要确保她的孩子不会对爸爸不敬!她这样一个野丫头……而且奇怪的是,妈妈做得也不比孩子强多少……我一定要把她管起来……我们忽视了对她的管教……"

"可是不能那样对她……"

"怎样对她啦?"

不等对方辩解,爸爸便如同以往争论中那样,出门不知奔哪里去了。

妈妈去落实爸爸的命令,尽管她每次都感到他们似乎应当换一种方式。

假如她知道该怎样做就好了!假如她能想明白就好了!可是她又怎么能知道呢?其实她自己就是按照同样的方式教育出来的,她也确实想用这种方式来教育艾莉。不过她现在已经开始对这种方式感到怀疑了,她不知道该如何是好……她是继续这样做下去还是采取完全不同的做法好呢?而如果可以采取不同的方式,她认为就应当让女儿按照自己的意愿去生活,即快快乐乐地,想奔跑、想爬树、要幻想,都如她所愿,随她所想。或许,她还是应当将这样的想法抑制在萌芽状态更好?如同她自己所经历的那样……以免终生都摆脱不了这种想法的困扰——她就从来都未能释放过自身的天性,在任何事情上都是如此。她几乎从来都不能去奔跑,更不能去爬树或者假装飞翔。这些都是不体面的事,别人在她面前这样做也是一种罪过。尽管她从来都没有说服过自己一定要对此确信不疑,但是她当时**必须**那样做,此后也是如此。她从来都没有过什么自己想要的,而永远都是别人想让她要的。当然,她对此早已习以为常,也是一直这样过来的。但假如她能够像其他一些人那样去遵从自己的意愿,她的生活就会更好一些吗?她感到仅仅有**这种想法**就是不对的,就是有罪的。不要去指责循规蹈矩的人,也不要去嫉妒其他人。每个人的命运都是安排好的,每个人必须耐心地背着自己的十字架。她本应在一生中学会这一切,但是她却没有做到。其实也并不是她内心里**一切**都被压抑了,尽管有时她会这么以为。也许从小的时候起大人对她就不够严厉……也许原因就在于此,而不是别的什么原因……

爸爸出去以后,妈妈就坐在原地这样想着。可是当她站起来要去艾莉那里时,她感到她还是不大会像她**实际上**本应该做的那样。实际上她本应该像爸爸那样,一旦女儿表现出那种天性,她就要对她严加管教和约束,毫不怜悯地把女儿爱幻想和狂野的本性撕碎在萌芽状态。可是爸爸这样做很容易,因为他不知道这样做会怎样伤透一个人的心。而她却知道,而且在多年以后的今天,她仍然能够感受到这种伤痛……不,她不能……至少现在还不能……尽管实际上她早在第一次时就应当很严厉了……

"艾莉,你那样的表现非常不好……你怎么能那样呢?"
"你现在赶紧去向爸爸赔个不是。"

艾莉背对着房间站着,妈妈说话的时候她正看着窗外,没有转过身来。

"艾莉,你那个样子是非常不妥的,你不应该总是心里头有股怨气……当爸爸要面包篮的时候,你应该递过去的……你不听爸爸妈妈的话可是很大的罪过啊……你不记得'第四诫'[①]

---

① 第四诫指摩西十诫之第四,意为应孝敬父母。该诫在犹太教和东正教及部分新教派别中为第五诫,但在天主教和芬兰所属的新教路德宗为第四诫。

中是怎么说的了吗……"

妈妈感到就好像自己正处在艾莉的位置在听自己的妈妈这样说,区别只是在于她妈妈的声音完全是另外一个样子。但是她确实听到了自己的声音缺乏底气,于是她明白了,即使她的话起不到作用也并不奇怪。因为连她自己也不能确定,她是否真的认为艾莉应当去给爸爸道个歉。

"那你不把面包篮递给爸爸并且把椅子弄倒,到底是为了什么呢?"

"为什么——爸爸总是——要嘲笑我?"艾莉硬生生地说道。

"爸爸没有嘲笑你……而且即便是他嘲笑你了,你也不应该……也许这只是个玩笑……小孩子不能不听话……上帝会惩罚的,这可是大罪过……"

妈妈发现自己又开始在重复以前说过的话。而且即使她说得再好又能管什么用呢……女儿在某种意义上还是有她的道理的,妈妈又回想起自己小的时候,大人的唠叨对自己的影响是那么微不足道。对她管用的是别的东西,即挨一顿打,可是妈妈不会用枝条去抽女儿。她也不愿意那样做,不,即便是其他的办法都不奏效时……不,首先不要让女儿也像妈妈那样去回忆起挨打时的疼痛……

"艾莉,这次我还可以原谅你,但是如果下次再发生那样的事……"

妈妈不得不惭愧地承认,她这样说与其是要吓唬一下女儿,倒不如说是体面地给自己找一个台阶下。

此后有段时间,爸爸仿佛是为了要加强管教一样,比如每天都会要求女儿递面包篮,但是随后就又把女儿忘到脑后了。但是女儿却变得越来越严肃和内向。她再也开心不起来了，也见不到她出去玩耍或者特意想干什么事。即便有的时候她的天性微微萌发、心中的快乐即将绽放时，她也会像是被吓了一跳似的戛然而止。在自家门口，她怎样也开心不起来，而每次当她要去远一点的地方时，她看起来就像是不想让别人看见似的。妈妈注意到她的奇怪举动，于是开始悄悄关注她。女儿先是走到后院，从那里经过房子后面再走到田埂上，然后几乎是弓着腰悄悄地沿着栅栏来到湖边。在那里，她溜到渔网小屋后面……有一次妈妈偷偷尾随着她去那里。妈妈借着渔网小屋的掩护，看到女儿从移动轨架上把小船推了一半到水中，然后坐到船尾上。她手里拿着船桨，十分兴奋地用船桨划着水。她不时地会用船桨把水高高地抛向空中，看着水花如何溅落到湖中。这时她便会自得其乐地笑着。等到水面恢复了平静，她会用船桨把水再次撩起，脸上再次露出笑容。那时她的眼中会出现久违的孩子般的目光，而这种目光正是妈妈越来越期盼的……

　　妈妈悄悄地走开了。当她上坡回到院子里时，她的眼中充满了泪水。她现在本可以亲吻自己的孩子，就像以前女儿小的时候那样把她紧紧地抱在怀里……但是这也许又会显示出那种徒劳无益的软弱？也许她就是那样一种反复无常的人？她如此溺爱这孩子是否就做对了呢？

第三章

尽管妈妈对自己总是去找爸爸谈艾莉的事并不赞同，但是她对此又感到无能为力。每次当她同爸爸开始或者结束谈话时，她就会想，也许还是不说会更好，但她还是去说了。因为她完全不知道该如何同女儿打交道。她无法唤起女儿对任何事物的兴趣，也无法促使女儿去做点什么。这让她感到很担心，而她又不得不违心地把这种担心告诉爸爸。这当然于事无补。爸爸会马上简短地对女儿说点什么，而且往往说不到点上。女儿这时会僵硬地顺从，一言不发。但是在这之后妈妈则更难与她相处。女儿的言谈举止中总是有着某种东西，有时看起来像是她在鄙视着什么，有时又好像她被什么人错怪了。在那段时间里，妈妈会连着几个晚上躺在床上浮想联翩，难以入眠，她脑海里闪现出一个想法：也许应该让女儿去上学，并马上感到非要这样做不可。为什么要这样做的理由她在那天晚上还没有在脑子里想清楚，只是觉得这样对女儿最好。可是到了早晨醒来，她又感到这件事似乎并不可行，她很奇怪自己怎么会想出这么一个主意。整个白天，她思前想后，无所适从。于是有一天晚上，她还是决定在第二天早上去同爸爸谈谈这件事……

如果她能够离开家……去学点什么……这对艾莉肯定

是最好的。女儿家也可以学点男孩子学的东西，这在许多地方已经很普遍了……想到这里，她觉得自己的女儿挺有头脑，一定会学得同男孩子一样好……男孩子常常还不如女孩子脑子好……尽管艾莉对家务琐事并不感兴趣，但是妈妈并不认为她智力差……如果能去试一下也无妨……

妈妈当然事先就知道爸爸会对这些事做出怎样的反应，而且她也知道自己无法推翻他给出的理由……

让艾莉去上学？为什么她不能待在家里？她可以学些女人们需要掌握的那点读写本领，其实女人也并不怎么需要学会正确书写……当然，这些爸爸都能教。

"可是你自己也看到了她现在的样子……她什么事都不想做……我只是在想，假如她能去读书……"

"那也不会带来什么了不起的变化……我敢肯定……我比你们女人自己更了解女人……"

说完了这些，爸爸又出去了，这件事便搁置了下来。

有那么几天，牧师的家里来了客人。

每当有客人到访牧师家时，自然会十分引人注意……而更加令人瞩目的是，客人们是乘坐着一辆双辇马车来的。

只见一位绅士和他的太太坐在车厢后座上，他们的对面是一个小姑娘。她的头上戴着一顶帽子，帽子上别着花，手里也拿着花。艾莉站在厨房的台阶前注视着他们到来，把这一切都看在眼里。客人们乘着马车穿过院门进到院子里，然后在大堂的台阶前停了下来。

爸爸三步并作两步地跑过去迎接客人。艾莉以前还从未见过爸爸的身手会如此敏捷。爸爸赶过去打开车厢门，搀扶着女宾走下马车，并吻了一下她的手。然后他又去拥抱那位绅士，两个人一起大声笑着、喧闹着，以至于艾莉不得不把围裙的裙摆拽到嘴边。但是最让艾莉感到惊奇的是，爸爸还向那个小姑娘躬下身体，就像对待大人那样问候她，问她旅途累不累。而那小姑娘也像大人那样回答道，她并不是特别累。这时候妈妈也出来了，脸上带着一丝慌乱的表情。当她把手伸向女宾时还行了一个屈膝礼，但女宾只是微微低了一下头。接着爸爸把门廊的另一扇门也一把拉开，张开双手躬着腰把客人们请到里边。客人们走进屋里，先是太太，然后是小姑娘，之后是绅士与爸爸一起，妈妈则是最后一个进去的，而且几乎是同时她又小跑着出来赶到厨房那边去。

"那些人都是谁？"

"那位绅士是你爸爸的老熟人。若是其他人你妈妈也不会赶过来迎接。"马车夫听到艾莉的问题便解释道，听说那位绅士在一个比咱们这个教区更大一点的教区当高级牧师，还听说他们原本是贵族。也许他们确实是贵族，因为他们乘着马车，还有钱雇着自己的马车夫……

艾莉看着马车夫给马卸下套具，又看着那些奇怪的装备和配有沙发般松软座位的车厢。

艾莉围着马车周边绕了一圈，马车两边的踏板她都踩上去站了一会儿，车厢微微摇晃着。艾莉尝试着想再多摇晃一下，但是这时她听到有人在大堂门口走动，便仿佛是受到惊吓一般赶紧跳了下来。

爸爸几乎又是跑着出来，脸庞红红的，向马车夫叫喊着什么，让把贵客的衣物抬到房间里去。然后他发现了艾莉，命令她进到里面去……

"艾莉，利索点赶紧进去……你站在这里干什么呢？里边有个小姑娘，你必须要陪在她身边！"

爸爸一直等着艾莉走进客厅。

客人们都已经落座,那位绅士坐在摇椅上,太太坐在沙发上,小姑娘则坐在旁边的另一把椅子上。妈妈也进来了,坐到客厅里稍微偏一点的地方。

"这是我们的女儿……艾莉,你怎么站在门口?"

艾莉把手伸向客人们。

"你好,小艾莉,你一切都好吗?怎么?你难道不想亲一下吗?"当女宾客想要亲一下艾莉时,她却把头扭开了。

"她很少见到生人,所以很害羞。"妈妈局促不安地解释道。她看了爸爸一眼,他正一脸不高兴地盯着她。

"你多大了?"女宾客问艾莉。

"我不知道。"

"艾莉,你可不能这样回答,"爸爸教导道,"你应该说:'亲爱的阿姨,谢谢您问我,我11岁了。'"

可是由于艾莉以前从来没有这样说过话,所以她现在也无法这样去说。

"先生和太太家的女儿有多大了?"妈妈赶紧这样问道,隐隐约约地像是害怕着什么。

"宝贝,说一下你现在多大了。"

"11岁,妈妈。"

"原来她们年龄一样大……你们的女儿也是11岁吗?"

妈妈赶紧回答说,她们确实一样大。

"艾莉,你不要躲到旁边,"爸爸又指挥道,"你让你的客人一个人坐在那儿,也不去给她看看你的布娃娃和玩具,人家可是远道过来看你的。"

"我没有布娃娃,也没有玩具。"

"你没有吗?你以前可是有的啊?"

妈妈代替艾莉回答道："艾莉只是在很小的时候有过……她从不喜欢布娃娃。"

"迪拉非常喜欢布娃娃，"女宾客说道，"她如果不随身带着个布娃娃是没法过的。去吧，宝贝，去把车厢里的布娃娃取来。你放在那里的什么地方了？"

"她在我们对面座位下面自己的小房间里，她一路累了，现在正在睡觉呢。"

绅士和太太都满意地微笑着。

"看她还这么小，竟然有着如此丰富的想象力。她整个旅途都在同她的布娃娃说着话。现在你去把她叫醒吧，她现在可以起床了。"

太太依然在微笑着。当小女孩出去后，爸爸命令艾莉跟着她一起去，太太则忍不住把同一件事又说了一遍。她说当她看到迪拉如何一刻都忘不了她的布娃娃，又是如何照看着布娃娃、给她穿衣解带并要求大家安静以免吵醒她时，她感到很奇特。

"你有一个非常可爱的女儿。"爸爸对他的老同学说。

迪拉也是他们唯一的孩子，绅士和太太说。他们一刻也不能与她分开。他们如果去哪里旅行总会带着她。但是一回到家他们便不得不与她分开，因为迪拉又要去学校了，他们会比孩子自己更难过。

"原来是这样……先生和太太送孩子去上学了？"妈妈问道。

"是的，这确实很有必要……我们已经决定要尽我们所能让我们的孩子受到尽可能完美的教育，她在家里已经学不到作为一个文明人所应当掌握的了……"

"是的，可能是这样的。"妈妈说。

"难道你的艾莉还没有上学？"男宾客问爸爸。

"没有，她没有……她至少现在还没有。确实如此，我正在慢慢地考虑此事……"

"迪拉已经上了两年学了，而且我们注意到无论是她的知识面还是整个其他方面的教育都大有进步，这既包括精神上的也包括身体上的，例如行为举止等方面。"

"是的，从各方面都能看得出来，她受到了良好的教育，"爸爸说，"她在哪所学校上学？"

"的确如此，她上的学校也是我们国家最优等的，是首都的德语女子学校……"

"那里的费用会不会很贵呢？"

"费用是很贵的，"绅士说，"可是我们认为父母有义务让孩子受到那种符合我们生活时代要求的教育，或者更好的教育。这至少对女儿家很有必要，因为她要把一切都建立在婚姻的基础之上，婚姻是她的影响所至和生活所在。所以说受到良好的教育十分必要，而当她不得不嫁人时，她……"

"好了，奥古斯特，"她太太责备道，"你现在又说起这些……说这些还太早了点……"

"你可别这样说，迪拉妈妈，在关心孩子的幸福上，说什么都不会太早。"

"是的，是的，确实如此……"

"噢，您刚才提到不得不结婚时，是想要说什么？"妈妈问。

"是这样，一个受到良好教育的妻子，远比一个没有受到过教育的女人会让她的丈夫和家庭更为幸福，这一点我在长期担任牧师工作期间已经有太多次注意到了，因此我……"

"的确如此,的确如此。"爸爸几乎是虔诚地说,但是妈妈却把目光望向前面,表情严肃地坐了一会儿才起身去看看咖啡是否已经煮好。

当她在另外一个房间把杯子摆放在托盘上时,她看到艾莉与客人家的女孩一起在车厢里。女孩在给艾莉展示她的布娃娃,但是艾莉看起来对此并不怎么上心……而是几乎以一种怪异的表情一会儿看看女孩,一会儿看看布娃娃。

"你的名字是叫迪拉吗?"她突然问道。

"我的名字是迪拉·海德维格。"

"你妈妈还叫你别的什么……她叫你什么来着?"

"是叫小宝贝吗?是吗?当我表现乖巧时,妈妈总是这样叫我。"

"如果你不乖时她又叫你什么?"

"我从来没有不乖过……在学校,阿姨总说我是全班最好的女孩……我是优等生。"

"那是什么?"

"你不知道什么是优等生吗?"

"我没听说过……"

"哎哟,这可有点糟糕……我们去花园里采几朵花给艾妮娃娃吧……你们有玫瑰吗?艾妮最爱玫瑰了……"

"我们可没有什么玫瑰……你如果愿意,可以用豌豆花。"

"艾妮才不欢喜那些呢……"

"你想坐到船尾上吗?让我们去湖边吧……"

"我去问问妈妈……在问她之前我不能去……我总是要先问问妈妈……"

"你如果要去问,那我就不去了。"

"为什么不去了?"

"不为什么!我想去就去,但可不会向任何人说什么……"

"乖女孩在去任何地方之前总是要先问问自己的妈妈。"

艾莉一声不吭地看了一会儿自己的小伙伴,然后说:"你真能装!"

"我去找我妈妈,带着艾妮一起。"女孩说,她感觉是受到了伤害,走开了。

两个女孩并没有成为更好的朋友,尽管爸爸在客人们在家中逗留的那些日子里,尝试着用各种办法让她们待在一起。在爸爸看来,客人家的女儿有着良好教养,是孩子的榜样,而自家的女儿则代表了没有教养的孩子。这一点随着时间的推移变得越来越明显。在行为举止上,她们一个是秀雅可爱,另一个甚至连是否有举止都谈不上……只会在那里闷坐着,并常常答非所问,而相比之下,客人家的孩子则会参与谈话,有问必答。这一点在餐桌上表现得尤为突出。在餐桌上,她几乎不需要其他人服务。如果有什么人,特别是爸爸还是妈妈面包吃完了时,迪拉发现了就会飞速地把面包递给他们,其他如黄油、奶酪或者三文鱼等所有食品都是如此。爸爸当着所有人的面对此赞叹不已,并要求艾莉要以她为榜样。

"在私立寄宿学校,她们在所有这些方面都受到了非常好的教育。"她爸爸妈妈说,他们的女儿也因此变得越来越有礼貌,以至于到最后她妈妈都不得不告诉她,她心里也要想着自己,不要总是一味地照顾别人。

几天后,客人们要离开了。当他们挥手告别并在车厢里坐定,而女宾客也无意再亲她时,艾莉才感到一阵轻松。

爸爸围着马车绕了一圈,把车门关上,跟在车厢边上一直送到院门口。艾莉听到他对客人家的女儿说,尽管她在这里没有合适的小伙伴,仍希望她没有过得太无聊。

客人们还没有驶上大路,艾莉就溜到湖边去了。她坐到船尾,用船桨把水抛向高处,水花则几乎溅到比渔网小屋还高的地方。直到这时,她才真正感到,客人们的确已经离开了。

爸爸把大门关好后回到自己的房间,装上烟斗,在地板上一边抽着烟,一边前后踱着步。接着他坐到自己的摇椅上,把妈妈从另一个房间叫到身边。

"我想这个秋天就必须把艾莉送去上学……我想现在不得不这么做了……如果她在这家里待上一辈子,她猴年马月也学不会怎么做人。你看到她在客人面前是怎样做的了吧……我们几乎不得不因为她而感到羞愧。她还能不能改变,这还要看。但是我们必须尽力去试试!"

"你想让她去哪所学校……"

"如果我们支付得起,我会把她送到和迪拉同一所寄宿学校去,可是现在这有点太贵了。我想了一下——奥古斯特也是这种想法——我们可以把艾莉放到我们所属城市的瑞典语学校,那里几乎是按照和首都一样的方法教学。我认为那种教学方法很好。"

"可是这会有说得那么好吗?"

"怎么不会?"

"嗯,除了我所看到的情况以外,我并不知道其他的情况,我不知道是由于学校还是她父母的原因,我其实并不是特别喜欢那个迪拉所受到的教育……"

"不喜欢？这可奇了怪啦！我认为她是我所见到过的有着最好教养的小姑娘！如果我能够给予艾莉同样的教育，我会很幸福的……这……这可真让我感到奇怪了！"

艾莉一开始并不怎么相信真要让她去上学，她可以走远路、乘汽船、进城里了。可是当妈妈向她确认爸爸确实已经这样决定了时，女儿高兴地从地上蹦了起来。

"你觉得这件事会让你这么开心？"

"是的，是的！我不是可以走远路了吗？不是可以看到比公路消失不见的地方更远了吗？我不是还可以去坐汽轮了吗？"

"对的，你可以去城里看看了。"

"我可以看到城市了！"——这也令她感到很开心，尽管她还实在想象不出城市是什么样子的。但是她现在还来不及去想这些。

她旋着脚跟转了一圈，然后冲出院门，跑向湖边的船尾上。在那里，她又用船桨把水扬到空中……比以前任何时候都扬得更高。她在湖边也未能待多久。当她看到林边草地上的那些小牛犊时，便朝着牛犊跑了过去。快到跟前时，她冲着牛犊高兴地大喊大叫，摇着裙摆，拍着双手，把那些牲畜吓得屁滚尿流，哞哞叫着四处逃散。

这天夜里，艾莉怎样都睡不着。她的脑海里来来往往不停地回想着各种事情，但是没有一件留下了真切的图像。特别是那些城市无法定格，最后感觉它们还像是在高高的山岗上……如同在伊山上……那里有许多房子，在太阳光下映照着远方，窗户闪烁着光芒……这幅图景留在她的脑海里竟是如此真实，以至于到了早晨她都没有再去详细地问问妈妈城市到底是什么样子。

第四章

那天夜里，妈妈听到艾莉在梦中自言自语。第二天早上就要去上学了，艾莉在想象着城里的生活是怎样的，但是妈妈不知道她所听到的是福还是祸。她听到女儿夜里在梦中不时地说着梦话，全是关于城里或者进城的事。女儿从前也有过类似的梦呓。还是那些高高的山岗、广阔的世界和高耸的树木！还有她在树梢间穿行和咕咕叫时发出的快乐与欢呼的声音。

她现在就要去上学了，要进城去了，或许她马上就会看到城里是什么样的……城里是否会同她想象的一样。一想到女儿也许会对自己的想象感到失望，妈妈突然又可怜起女儿了。城里正是这种幻灭开始的地方，她想。但是她却不知道，这种幻灭到底是早点来好还是晚点来更好。而这正是她无法摆脱的永恒的疑问。

最后妈妈还是觉得，随她去吧，任由她去生活，任由她去成长，注定要来的总归会来的！人的一生要放弃的，也许终究还是要被放弃……每个人理所应当都要接受命运的安排。

那么她现在又该怎么做呢？女儿的教育交到别人的手里，她已经难以施加影响。如果其他人比她对此更加在行，他们既然敢于接手别人家的孩子……那他们当然应该会很有把握。

妈妈突然感觉到全身笼罩在一种奇怪的疲倦之中,既是肉体上的,也是精神上的。她以前也时常有这样的感觉,但是现在这种感觉比以往任何时候都更加强烈。到了傍晚,天色渐暗,她坐在自己的房间里,手抚着裙摆,一边想着这一切,一边望着窗外,透过隐约泛黄的桦树叶可以看到平静、清冷的秋季的天空……

她的眼睛凝神停留在一个地方,而与此同时她的思绪却在任意流淌。

当她在思考人生时,它也是显得如此奇怪。首先是她依稀记得自己的童年,虽然偶尔也曾闪现过耀眼的光芒。尽管她在童年时代也曾有过痛苦……在很多方面同艾莉的童年一样。那时的父母都很严厉,她不得不听他们的话,如果不听的话就会饱受皮肉之苦。她很少能由着性子玩耍,就连有这种想法最强烈的礼拜天晚上也不行,那时村里的孩子都会为此来到牧师家。她被大人牵着手带到客厅里,闷热的客厅里坐着一大帮人在唱着赞美诗,爸爸在讲着经,一副似乎永远都停不下来的样子。她坐在那里很无聊,犯着困,两只眼睛无论如何也无法一直睁着……唯有妈妈从桌子后面投来的严厉一瞥才使她强撑着眼皮不合上。"这可是罪过啊,大罪过啊。"妈妈说,"谁要是不把祈祷经文好好地记在脑子里,而是放任自己去遐想那些世俗的事情,上帝在上面可是都看得一清二楚的。"而接下来她自己看起来也会照着那样去做,她会努力虔诚地听着讲经,尽管她的思想也偶尔会开小差去别处:在牧场的牛犊旁、湖边潮湿的草地上,她心情愉悦地翻着筋斗。

可是接下来她要穿上沉闷的蓝色裙子和围上深色的围

巾,而其他年轻人却身着白色印花裙,脖子上围着雪白发亮的领子。这种时候她会感到很难过,情绪也会像要失去控制的样子。在仲夏节的夜晚,邻居家的篝火开始摇曳,当她听到音乐的声音和其他年轻人的欢声笑语时……她却不能到那里去!她连想都不要想!妈妈对着里屋喊道,接着关上窗户,命令她上床睡觉。"你是想到那里去吗?那些人崇拜异教,正焚烧着第一代基督徒的骸骨!"

即使是偷偷地这样去做也是不对的。妈妈还记得,她是如何在夏日的夜晚躺在阁楼的床上读着哥哥们拿来的书:"那些书的作者死后还在作孽""看小说!如果让爸爸妈妈知道了该是件多么可怕的事啊"。而她做了不该做的事必然会受到惩罚。这些书让欲望在她的心中萌生,让她一直去渴求某件事,却从来无法得到它。这些书也许唤醒了她的诉求与希望,但却是那些从来无法实现的诉求与希望,她也永远无法将这些诉求与希望驱散,不让它们再萦绕耳边。

是的,他曾经是一个英俊的男子,年轻时彬彬有礼,良好家庭出身,所以爸爸妈妈都喜欢他,尽管他作为牧师似乎是有点太博爱众生了。而那个天造地设的,那个奇异般俊美、高尚的人,那个她在明亮夏夜躺在阁楼上阅读时就在心里喜欢上的,现在则应该暂时销声匿迹、退避三舍了。可是这一切就都赶在那年冬天发生了,一切如此新奇,琐事又如此之多,以至于夏日的梦想不再。假若这些梦想从来都不曾出现过该有多好啊!

所有人都说,艾莉长得太像妈妈了。可是谁也不知道,女儿的秉性在本质上又是多么像她啊。随着女儿慢慢地长大,她在想法上和情感上也越来越像她!这越来越清晰地让她回想起自己早年的岁月。也正是因为如此,她才会又想起了那些逝去的年华，而且还会记得那么真切。

但是这正是让她感到担心的。她一直不知道，自己的女儿在这个世界上应该拥有怎样的生活……难道要让女儿度过一个同自己一样的人生就好吗？假如她自己知道人生还会有另外一种活法，如果她努力去争取，她现在会不会也是另外一种样子呢？不过话又说回来，谁又敢说，现在这样的生活就不对呢？

她突然开始感到良心上有点不安，即使是一丁点的抱怨与不满也是不对的。众人命运皆由上天安排，他老人家怎么会不知道怎样做对谁最好呢？最大的缺陷可能就出在自己身上！她自己又是怎样在内心里作的孽！这样去想和这样去做的罪过都是一样的！不行，绝不行！她即使只是在内心里违背了曾经许下的誓言，即承诺在顺境和逆境时都要遵守的誓言，这样想也都是不对的，不对的……

妈妈除了自己所处的困境忘掉了所有其他的一切。她忘掉了自己的女儿以及对她的担心，心里只想着，如果她被突然带到末日审判官面前要求进行最后清算时，她会怎样回答。她知道自己还没有准备好怎样回答，完全没有准备好。假如没有赐予她宽限的时间，结果会很糟糕。

昏暗之中，妈妈匆忙从书架上找到她已故母亲的那本祈祷书，点着了灯，开始翻阅。

"要一刻不停地诵读上帝的话！"

以前在家里妈妈是这样对她说的，但是不幸的是，她常常会忘记和忽视这个忠告。

第五章

在前往城市的途中,艾莉脑海里一直浮现着梦中看到的那幅图景。轮船越是驶近城市,湖边映入眼帘的山丘也就越多,远方的山岭隐约可见,农舍与收割完的田垄在午后的阳光下发出耀眼的光芒。

当艾莉听到有人说城市快要到了,她有好几次都想问,眼前看到的哪个是城市,可是她没有这样做。

爸爸在整个旅途期间心情都颇佳。他一边给艾莉吃着糖果,一边指点着她到处看。

"艾莉,现在能看到城市了,你说说在哪里?"

"在那边。"艾莉用手指着前面耸起的秀美的山岭说道,山坡上和山脊上可以看到一些房屋和耕地。

"不对,不对,"爸爸说,"根本不在那个方向!""看啊,是在这边,在山脚下……你现在看到了吧,就在那里!"

"啊!他们为什么把城市建在那里?"

"那他们又应该把城市建在哪里啊?"

"建在那边的山上……换作我,我会建到山上的……"

"你会建到山上的。"爸爸一边模仿着,一边用手刮着艾莉的脸蛋……

不过现在进城对艾莉来说已经没有什么感觉了。原来城市也不过如此……房子同家乡的一样矮小嘛……

* * *

爸爸本想把女儿的住处安排得更好些,但却未能如愿以偿。他的艾莉本应该被安排住到女校长家里去,但是那里的位置已经都被占满了。好在这位彬彬有礼、规范有致、牙齿雪白的女校长保证说,如果艾莉能去她有幸介绍的另一处地方去住,会一样好的。于是女校长推荐了学校的某位女教师家。她也是一位同样彬彬有礼、规范有致的女士,长了一副同女校长一样雪白的牙齿。

爸爸对两位女士都颇有好感,他喜欢与人进行流畅而礼貌的交谈,而他在乡下是从来享受不到这样的机会的。他兴奋地回忆起自己大学时代的陈年往事,并向艾莉不无肯定地说,能见到有着如此全面教养和聪慧的女士该是多么难得。艾莉听了并未说什么。女校长和那位女士拍了拍她的脸蛋,但是她们的手让艾莉感到是如此冰冷,差一点让她打了个寒战。

在爸爸启程回家的前一天,艾莉搬到了新"阿姨"处。爸爸应邀参加了晚餐。大家娴熟而礼貌地进行着交谈,就所有事项都取得了一致意见。

"牧师先生,您尽可以放心。"那位小姐举杯保证说,"我们会竭尽全力……当她结束一学期的学习回家时,我们希望……为您干杯,牧师先生!她会实现她所有的愿望……"

爸爸鞠躬并碰杯。

"我对此确信不疑,将女儿交由你们照看,我完全放心。"

艾莉也在桌子边坐着,可是她既不想吃也不想喝……好在她不需要说话。她两手僵硬地坐在那里,眼睛几乎是直直地盯着自己面前的空盘，强忍着不让自己哭出来。这一切都是那么……那么……感觉就好像喘不过来气一样。

艾莉和爸爸一起去见过那位女校长。当爸爸与女校长两个人交谈时，艾莉独自一人站在走廊里。走廊长长的，呈椭圆形，如果稍微动一下身子或者咳嗽一下就会像地下室那样发出回声。一会儿不知哪里的门砰的一声被打开，接着随着更大的一声门又被关上了。她听着脚步声忽而走近又忽而走远，有时就好像是在头顶上方似的，而当脚步声从走廊另一头传来时，艾莉感觉就好像是教堂里所有的人都从那里走过来。有三四个同她身高差不多的女孩向她身边跑过来。当她们看到她时便停下来打量着她，彼此在耳边叽叽喳喳地说了点什么，然后又忍着笑声向前跑去。艾莉感到自己一个人站在这里是如此凄凉无助，丝毫没有任何安全感，差一点要哭出来。

她现在坐在餐桌旁，尽管爸爸也在这里，但感觉却是相同的。那位陌生小姐的整个人，她那标致白皙的脸颊、仔细梳就的头发和遣词讲究的谈话——就像是在看着书念一样——还有她那纤细的手指，这一切都那么令人心烦、冷漠无情和阴森可怕，让她一想起来就会不寒而栗，她怎么能一个人留在这样的地方呢？那白得耀眼的桌布、银头的餐刀和切得整整齐齐的面包片，这里面有某种东西将她的勇气与自信都悉数带走了。

爸爸既已离开，晚上艾莉上床睡觉，当她钻进那冰冷而又陌生的被单里时，对妈妈的思念凄然袭来，她不由得放声大哭。她把被子拉到齐耳的高度，以免让别人听到她的哭声，从而可以在无人打扰的情况下好好哭哭。她在入睡之前，感到自己像是一个谁都可以欺负的可怜虫，而对此她却束手无策。

早上起来后,她感到略微安全了一点。可是一到学校,先前那种无助的感觉又再次向她袭来。她感到处处无所适从,她不知道要做什么,而看起来所有其他人都知道。当她不会做某件事时,其余的女孩会一直盯着她看很长时间,有几个女孩还对着她指指点点。所有的一切都与在家里完全不同,这个地方又大又冷,处处棱角分明,所有的地方都油漆得平整光滑,就连课桌里的味道也是非常奇怪和陌生。

回到宿舍,那种无时不在的惊恐不安的感觉仍难以驱散。她依然害怕会在走动的时候撞倒哪把椅子或者被绊倒在地毯上,或者在说话的时候发出某种在这里听起来过于响亮的声音,而那位中规中矩的阿姨就会因此而马上把目光投向她。

当她上床睡觉的时候,所有白天积蓄在心头的辛酸就会释放为一场伤心的痛哭,她哭得比前一天晚上还要伤心欲绝。她的苦痛现在不仅没有得到缓解,相反却更为加剧了。当她看到自己那孤零零而又十分单薄的小床时,那种长期的压抑不禁从心底迸发而出,她整个人不得不冲到桌子前,用拳头堵压着自己的嘴,以免哭喊出来。而当这一切似乎又要失去控制时,她便不得不飞身扑到床上,用枕头把它堵回去。

她脸朝下趴在那里,开始感觉到,如果她回不了家,她就会一直在这个地方,在这样的生活中她活不过明天。她又要去学校,大家都盯着她看……她不知所措,不知道坐到哪里……大家都在调整,出主意想办法,而她还是不明白,其他的女孩在看着她,然后相视而笑……

她来自心底的颤抖再次被触发，感觉自己的心脏快要迸裂开来了……

她要离开，现在马上就离开这里回家去！她要逃离这里，她可以一边走，一边打听家在哪里……可是外面在下着大雨、刮着大风，这开始让她感到害怕。而当她看起来也许并没有胆量离开这里时，她的心底又一次颤抖起来，整个身体都感到疼痛不已……

她要给家中的妈妈写信，让妈妈到这里来接她……她在妈妈赶过来之前不去学校，不离开这个房间去任何地方，什么也不吃。她在这里就这样待着……穿着衣服……一直到那时……

艾莉哭着哭着就睡着了，衣服也没脱，就那样一直睡到了早晨。夜里她梦见自己睡在家里头妈妈的床上……在妈妈背后靠墙的那一边……整个小女孩身体蜷缩成小小的一团，头枕着妈妈枕头的一角。这个梦她做了很长时间，早晨醒来时她一开始还以为自己是在家里。当她头脑清醒了之后，她也有很久想不起来自己究竟是在哪里。可是当她的目光接触到窗户，看到阿姨穿着晨装正在外面散步赏花时，她便记起了所有的一切。她忍不住又要哭出来，可是同时又感到害怕，如果阿姨过来看到她是穿着衣服睡觉，她也许会生气。因为艾莉能感觉到，她是会因此而生气的。她不知道如果遇上某个陌生人生她的气，她应该怎么办。

那天在学校里的情况有所好转，她可以不用别人提示就知道坐到自己的位置上，也知道什么时候应当起身回答问题。她不再哭了，其他人也不再那样盯着她看了。接着与艾莉坐在同一个教室里的所有女孩一起步行去上健美课，艾莉有机会看看城市的市容。

就这样，尽管到了晚上想哭的感觉仍会不时涌上来，但已经不那么强烈了。她感到很累，在想哭的感觉到来之前就睡着了。

日子一天天地过去，艾莉开始慢慢地习惯这样的生活。当学校留了作业并要在家里做功课时，她就来不及再去想那些让人感到难过的事情了。可是想哭的感觉并未离她而去，仍在喉咙里翻转着，并在此后许多星期一直滞留在那里，使她不时地会在学校和其他什么地方突然毫无征兆地哽咽起来。

上了几周学之后，艾莉已经可以开始略微观察一下周围的情况了，她还不时地会因为一些美妙的事情而高兴得跳起来，那种想哭的感觉已经完全蒸发掉了。在学校里有几个十分有趣的女孩，她们会在老师看不见的时候搞恶作剧，惹得大家忍不住笑起来。她们总在模仿老师，拿老师们取笑。课间的时候，她也忍不住离开座位去看她们恶搞。她们模仿着老师的声音说话，学得惟妙惟肖。艾莉看了她们一段时间后，觉得自己也会仿效了。于是她开始在家里模仿，在自己的房间里自娱自乐，但是她不敢在学校模仿，她害怕大家都会围拢过来……而她害怕的正是这一点。

随着艾莉的心情逐渐放松，她开始思考起自己的现状来，并开始更多地观察周围的情况。在这边，学校里的生活同家里截然不同，感觉确实十分美妙。若非她亲眼所见，其情形绝非是可以想象出来的。这里的房间也与自己家中的房间大不相同，这里只有大厅和房间，见不到一间茅屋。饮食也完全不同，黄油并不是每餐都有，牛奶每次也只有一杯。在哪里都看不到奶牛，也不知道他们是从哪里弄到牛奶的。

艾莉在给妈妈的信里写了这些，还写了一些其他的事情……

读书在这里是所有人的工作，如果没有读书，就是无所事事。大家都在读书，大人们也是如此，就连阿姨也没有在做什么别的事情……

她自己的读书情况如下：她每天要在家里背会一定页数的书，背不下来的就要另外重读，以免忘记。她在背会譬如《教义问答》所有的内容之前，不得离开自己的书桌半步。阿姨隔一会儿就会过来要求背诵读过的内容，如果背不下来，她就会说，必须要集中精力而不能让思想开小差，可是即使这样还是无法学得更好。背好之后才可以出去到院子里去，尽管这里的院子也是非常狭小。院子中间有一个圆形的花台，上面长着黄色和红色的鲜花。大街上不能去。这里的街道比乡下的公路要宽一点，但是没有排水沟。她不能走出大门去看，尽管她从房屋上面看过去能看到那座大山的星星点点，就是那座起初被她误认为是这座城市的大山。但是城市却建在那么低的地方……

每个周三和周六中午之后有自由活动的时间，阿姨会带上我一起去街上和公园里散步。公园里有一些草地，但是人不能在上面踩踏，只能沿着道路行走。阿姨走起路来轻手轻脚，跟在她旁边走会感到很累。尽管有时候很想跑啊跳啊，但是又不能这样做。走路时步子要迈得比在家里小一点，还应当抓住阿姨的胳膊……这想起来很是可笑。

周六中午以后，艾莉同阿姨说过了"再见"，便开始把这些事写给妈妈。她在写到最后时想，妈妈读到这里时会不会感到有点好笑，不知她会怎么想。

可是她却陆续收到妈妈寄来的一封感觉很奇怪的信。

她根本看不出来妈妈对自己认为好笑的事情是否也感到同样好笑。接着妈妈要求艾莉一定要听老师的话，即便有别人模仿老师，她也决不要跟着去学嘴学舌。如果她感到不开心，最好的摆脱办法就是去读一读上帝的福音，她从小就养成这样的习惯会是一件很好的事。她在做功课时也应当祈求上帝的帮助，这样做她就肯定能学会……接着信中间妈妈还穿插写了其他的事情，最后又重复了一下开始说的话。

但是艾莉并没有弄明白那封信的意思，她也不再给妈妈写信说学校里的事情了。

随着艾莉的生活逐渐安顿下来，她对这样的生活也越来越习惯。当她在学校里的一切也开始越来越顺利时，她对那些总是回声不断的大房间、棱角分明的课桌和每天早晨一走进教室就可以闻到的那种奇怪的味道也逐渐习以为常了。最让她感到不开心的时候是在每天早上起床时。但是她偶尔也有了想去学校的愿望，那是有一次当她知道老师要把地球仪拿到班上给大家展示时。这是一个很大的圆球，整个世界都在上面，还有所有的国家和山脉。老师一边用手转动着它一边说，当转动着它时，整个世界也在随之转动……它发出一阵嗞嗞的声音，当艾莉看着它在旋转时，胸中仿佛有一种奇异般的刀绞似的感觉。当她想到整个世界时，几乎有一种恐怖的感觉——天哪！——可是她还是想看着它转。地球仪在班里时，艾莉会在课间站在它旁边，从上下左右各个角度观察着它，忽快忽慢地不停地转动着它，把所有其他的事情全忘掉了。有一次她脑子里闪过一个奇怪的想法：上帝是否也是在这样转动着真实的世界，而当他要把地球停下来的时候会用手在哪个地方给把力呢。但是尽管这是个如此疯狂的想法，以至于她自己也对此感到好笑，可是她还是总会这样想，这种想法挥之不去。后来当地球仪被拿到其他班级去时，艾莉还着实思念了它好几天。

第六章

在圣米迦勒节[①]那天,学校组织自由活动,大家决定一起去那座大山远足。那里距离城里不算太远,山顶中间还建有一座高塔。

此前有好几天,大家都在学校里议论,到了那天每个人都要穿些什么……

"我会穿上黑色的裙子和蓝色的水兵衫……"

"我要穿蓝裙子配绿上衣和抛光腰带……"

"我也是,腰上再别上一把小刀……"

"我还会拿上个真皮背包,里面装上糖果……"

"你会带上什么样的糖果?我带点茶点面包……"

艾莉不知道该张罗些什么,无论是与众不同的服装还是路上吃的点心干粮。这期间她脑子里一直萦绕的只有那座山,那座即将要去造访的山,听说还是座很高的山。她想起了从家里的地窖顶上可以看到的伊山,那也是座挺高的山。她自己没有去过那里,但是听去过那里的教堂里的人说起过,从那里可以看到大千世界,在晴朗的天气里还可以看到许多教堂……

[①] 圣米迦勒节:基督教节日,每年的 9 月 29 日星期日或其后的第一个星期日,为纪念《圣经》中的天使长米迦勒而设。由于该节日接近秋分,农民一般在此前收完庄稼。

那天夜里她做了一个梦，梦见她好像是从家里地窖的屋顶被带上了天空，穿越天际向着伊山飞去。飞的速度如此之快，令她感到心里发颤。她的整个头发都向后飘摆着，发根绷得紧紧的。当经过伊山侧面时，看起来整个伊山与从桦树树梢看地窖屋顶相比，并没有显得更为高大。她被带往一个更高的地方，腾入云霄，升到云上，心里不禁害怕起来……当她从梦中醒来时，已是第二天早晨。

那天上午，当她来到学校院子里时，其他的女孩都已经在那里整装待发。大家身上穿着那些漂亮可爱的衣服，相互拥抱着，蹦着跳着，并竞相展示着自己。艾莉身着一套平常的衣服，即自家缝制的灰色长外套和略微显大的中靴。她以前并没有怎么注意到这一点，但是现在却感到有些不安，情绪开始有点低落。她再次感到那种无助和孤单……她还没有什么特别要好的同学。在她看来，那些女孩们尽管没有说什么，但却又在不时地把目光瞥向她。

当大家步行穿城而过时，这种感觉一直在困扰着她，但是一旦出了城关，心中的烦恼便渐渐烟消云散。眼前开始出现耕地和草地，大家走在两边有排水沟的真正的乡间公路上，排水沟后面是同家乡一样的很常见的篱笆。又走过了一些房屋，看起来同教堂村里的几乎一模一样。有一栋房子连着一条小巷，就像通往教堂执事家的那条一样，可以看到一个完全一样的红色大门。离大道不远处就是森林，林地边上是收割后的、长着青草的耕地。

她一边走一边看，快乐的心情又如同以往，有增无减。那件长外套穿在身上很沉，艾莉便把它脱下来搭在胳膊上。其他女孩跑前跑后到处蹦着跳着，互相追逐打闹。艾莉也沉浸在同样的欢声笑语中，她觉得现在所有这些女孩都是她的老朋友了,虽然她在学校里实际上还没有一个真正很熟悉的人……

她们走近森林湖畔,有人提议看谁能最先到那里。大家都奔跑了起来,艾莉是所有人中最先跑到的。这令她感到欣喜若狂,不禁抓住几个女孩的手,并欢笑着拉着一个女孩转了一圈。

可是这个女孩却生起她的气来……

"她长着牛犊子一样的长腿,跑的动作好奇怪啊!"

"你们都看到了吗,她是怎样像只鹤一样跳跃,长外套在胳膊上像翅膀一样飘摆着……"

"直着跑她当然会,可是如果玩捉人游戏嘛……快来抓我呀!"

这时,有个女孩从她胳膊上抢走长外套,并带着它跑开了。艾莉一时抓不住她,而当所有人都停下来观看时,而且大家还都站在那个女孩一边,她便不想再跑了。她跟在那个女孩后边跑了一段路,可是当那女孩身体灵活地拐了几个弯,她便再也无法追上了。女孩在艾莉面前跳了一会儿,把外套扔到栅栏上的木桩尖上,便跑回到其他人中间去了。

于是艾莉不再开心。她一直等到最后才离开栅栏,一个人无声无息地走着。

当大家开始沿着道路上山的时候,人群中却有一个女孩慢慢地向她靠近。她先是走在艾莉前面一点,不时回过头来看看后面,但却什么都没有说。接着她又一点点地挪到艾莉旁边,开始与她交谈。她是艾莉同一个班的女孩,向她问起她们明天都有什么课……她自己不大记得了……有德语单词和地理课……那女孩从包里掏出一些糖果给艾莉吃，并示意让她再多拿一点……愿意拿多少就拿多少。那个女孩名叫西格莉德，艾莉开始喜欢上她了，越往山的高处爬就越喜欢……

尽管一路上都是高耸的森林，看不到山的侧坡，也看不出这山到底有多高，但是艾莉的心里还是越来越强烈地感受到那种奇怪的感觉……她的心房时而收缩到一起，时而又打开，她不得不一次又一次地大口吸着气。这时候她多么希望自己能长得很高，那样的话她就可以用手够得着树梢上面了。

突然，在前面一块小空地的中央出现了一座高塔，它比树梢还要高。那些走在前面的人正在跑上高塔，脚步在长长的楼梯上发出阵阵咚咚声。这旋转而上的咚咚声让她的心底随之不停地颤动，她把长外套从胳膊上往地上一扔，便匆匆地跟着其他人向上跑去……她感到如果现在不赶紧往上跑，一会儿就什么都看不见了，别人会抢在她上去之前把所有的东西都带走……

"等等，艾莉！别丢下我！"她的同伴在后面叫道。

但是艾莉没有时间等。她已经纵身一跃跑上楼梯，迅速地从窗户边上闪过，匆匆向窗外望了一眼。从那里她看到一种几乎是让她越飞越高、腾云驾雾的感觉，这种感觉在她上山时就有，现在则越来越强烈。

她以飞快的速度奔上高塔，在那里的所有人都注意到了她，给她让开了路。

透过他们身体的间隙，她看到那种以前在梦里都不曾想象得出的景色……如此亮丽又如此恢宏，突然扑面而来，让她着实惊讶不已。她站在原地一动不动地看着，气都喘不上来。如此广阔、如此巨大的画面，这样突然地出现，在她面前展开，让她感到脸颊上的血液都收回到了心脏里，她的全身开始颤抖。在她面前是一望无际、波光粼粼的水面，还有一些岛屿、湖湾，远方还有隐约可见的山丘！

于是她心中的喜悦终于迸发，嘴中发出狂欢的叫声，一次又一次。她蹦啊跳啊，向前挥舞着双手……

"哇呜，哇呜，看啊，看啊！"

她以为其他的女孩也会像她一样欢呼雀跃……

"姑娘们，姑娘们！哇—哇呜！你们看到了吧！看啊……看啊！那边，那边……"

"好的，好的，可那又怎样！"她把头转向的第一个女孩说道。她的手正在抓着那个女孩的胳膊，使劲儿摇着……

"这难道不，这难道不……"

"这有什么了不起的……这样的景色我以前可看得多了。现在还是别……"

女孩耸了耸肩，将自己的手臂从艾莉不停摇晃的手中挣脱开来……

这时女校长来到了艾莉的身边……

"你试着克制一下自己……你太疯了……"

女校长脸上微笑着，但在艾莉看来却有点像是在嘲笑一般。女孩们也像女校长那样微笑看着她。

艾莉感到像是被人当头浇了一盆冷水……她退让到旁边。

"你可以看看风景，"女校长还在说，"但是像这样蹦蹦跳跳的确实不大合适……"

艾莉不想再看下去了。她感觉是受到了羞辱，并且几乎马上就要哭出声来。但是她还是努力憋着，一直等到自己离开塔顶往下走去。她刚刚下到塔顶下面的一层，便哭了出来。等她下到高塔最下面一层时，便径直冲到长凳另一端的角落里，内心再次感受到那种凄凉无助的感觉，而且这一次来得比以往任何时候都更加强烈。她曾兴奋得跳跃、拍手……而其他人却认为这很可笑……她可以想象那些人仍然在那里议论着此事，也许有人此刻正在模仿她。这让她感到受到了极大的羞辱，她甚至想立即跑到下面的桥底下躲起来，或者离开这个地方去别的什么地方。于是她马上跳了起来，打算跑到森林里去，但是这时候她又吓了一跳，因为她发现站在塔顶上的人们都在看着她，并且在向她大声呼喊着什么。她只好折身返回到塔里，又坐回到刚才的角落里。她面朝着墙一动不动地坐着，发现墙上有一个小孔，从那里可以看到外面的森林，不时还有微风从孔里吹进眼帘。她就这样向外看着，心情稍微平静了下来。

她哭着哭着，脑子里突然又闪现出她在塔上看到的那番景色。于是她停止抽泣，屏住呼吸回想着刚才那一切。但是紧接着她又仿佛看到那些嘲笑的眼神，听到女孩们压抑着的笑声……她再次被自己的哭泣声所淹没。这时她就像那天爸爸在家中讥讽她时那样，脑子里又开始像开了锅似的上下翻滚，她几乎又要马上跳起来径直奔向塔顶……到了那里她会要求她们停下来，让她们肃静，禁止她们盯着她看和议论她！

但是瞬间的愤怒又化作了新的哭泣，她反倒开始担心起来，如果她们很快就从上面下来，那她该怎么办才好……那时候她能去哪里呢？

突然间，艾莉听到她们开始从上面熙熙攘攘下来的声音。她惊吓得跳了起来，很想跑到别的什么地方去，可是又不知道往哪里跑，最终她还是紧紧地蜷缩在自己的角落里。她两眼紧闭,把手绢遮挡在嘴巴前。她听到脚步声越来越近,沿着楼梯旋转着越来越低。当脚步声来到头顶上第二层时,她感到整个天花板都要塌下来了,会把她埋到下面,她忍不住大声惊叫了起来。

当女孩们下到最底下一层后,她们先是从她身边跑了过去,但是可能是因为有人又看到了她,她感觉她们在自己身后停了下来。

"那个女孩在这里呢……她为什么在这里呢?"艾莉听到背后有人在低声地说。她感到她应该起身离开,但是身体还是一动不动地留在原地。她听到女孩们开始越来越大声地相互议论着她,其中一个说:"大家看啊,看啊——是这个样子的!"想必那个女孩正在模仿她,因为其他的女孩们大声笑了起来……

这时艾莉听到有人开始斥责她们,要求她们离开。这是西格莉德,艾莉这才敢把头抬起来。这时她又听到老师们的脚步声从上面传来,女孩们开始一拥而出……

"过来吧,艾莉……千万不要在意她们……现在我们走吧,在老师们到来之前……这是你的外套……"

下山的时候,艾莉又抽泣哽咽了许久,但是她的心绪慢慢地还是平静了下来。在整个返程期间一直到最后回到家中,她们两人都在一起走着,相互交谈着……谈学校的情况和学哪门课程感觉最难。她们分享着西格莉德带来的糖果……西格莉德会弹钢琴,艾莉说她自己从来没有弹过……也没有怎么听到过别人弹。她应该到西格莉德处玩玩,这样就可以听到……艾莉有没有兄弟……西格莉德有一个和她一样大的哥哥,他穿着一件棕色的长外套,有一头黑色的卷发……就这样,旅途上她们过得既开心又快乐。当她们分手时，西格莉德邀请艾莉到她那里去玩。艾莉感觉到一种莫名的轻松感。与西格莉德分手后，她一蹦一跳地，嘴里哼着歌曲。可是突然她又打了个哆嗦，如果有人看到她这样做该怎么办，她又想起了她在高塔上的遭遇。上床睡觉的时候，她蜷缩在床的一个角落，感觉自己似乎还在高塔里的那个地方，那些人还在从上面咚咚地走下来……她的心里乃至全身又因此开始不停地颤抖起来，一直到她坠入梦乡。

第七章

第二天，艾莉在学校的感觉比以往任何时候都更有意思、更轻松。

西格莉德马上就走了过来，并把她带到了一边。她们俩坐在一起，在地图上查找着一些城市。课间休息时她们又待在一起，西格莉德压根儿就没有去找其他女生。接下来她送艾莉回家，艾莉又送她。日复一日，她们成为越来越好的朋友。至少艾莉是这样觉得的。她去问西格莉德，西格莉德也笑着承认了。艾莉说，现在她在学校的感觉比以前开心多了，可是如果西格莉德突然不再做她的朋友了，那时她将无法在学校再多待一天。

"哎，你可别这样说……我们永远都是好朋友！"西格莉德一边高兴地说着，一边搂着艾莉的腰转了一圈。

除了在学校，她们几乎每天晚上也都形影不离。她们轮流到各自家里串门，但更多的还是在西格莉德家里。她们在那里一起做功课，互相提问，互相辅导。艾莉实际上是需要辅导的一方，因为西格莉德几乎是自动地就学会和明白了所有的东西。西格莉德不厌其烦地耐心辅导着艾莉，尽管有时候她会遇到一些问题无论她怎样解释也无法让艾莉明白。艾莉有时会感叹自己的头脑怎么会如此简单，甚至有些愚笨，譬如在算术上，这实在让她感到羞愧难当。

她向西格莉德抱怨般地问道，难道她不也认为自己是一个头脑简单且又愚笨的人吗？

"我爸爸说，并不是所有人的兴趣爱好都是一样的，有的人会另有偏爱……人们当然会习以为常的。爸爸是这样说的……不过我们现在还是放下这些数字来聊点什么吧……"

艾莉这时总会平静下来。每当西格莉德提出要"聊点什么"时，每当她们合上书本、把椅子从桌子旁边拉开时，如果说西格莉德在那之前一直领先的话，那么这时就该轮到艾莉占有优势了。当她们在一起聊天时，一旦艾莉开了个头，那就意味着艾莉一直在说，而西格莉德则是在听她说。

"快再讲一遍！到底是怎么回事，当你在家里头爬上树向下望去时……当你那时在想象着假如自己是只鸟……"

"确是这样的，可是这些我不是都讲过了嘛。"

"还有当你初来城里时，你在想……你当时是怎样想象这座城市的呢？"

"我还以为它是建在那边的山岗上呢，我到现在还一直都是这样以为的，它在我记忆中，并不是一开始想象的那样……"

"你为什么这么喜欢山呢？"

"我也不知道……"

"你家是在山上吗？"

"不在山上……在湖边，我们有个渔具小屋和两条船……"

"渔具小屋是什么样的？"

"它是这个样子的……你难道从来没有见过吗？"

"我没有，你现在告诉我嘛……"

艾莉十分乐意把西格莉德所没有见过的乡下的一切都讲给她听，西格莉德听得十分入神，艾莉也讲得非常投入。

"哇，在乡下该有多开心啊……我还从来没有真正在乡下待过……"

"你明年夏天到我们那里去吧！"

"好的，我会去的……我会在那里待上整整一个夏天……"

这件事就这么确定了下来。在那之后的许多个夜晚，她们仍在谈论此事，而艾莉也总是十分愿意首先聊起这个话题。每当她引得西格莉德兴致大发、问个不停并凝神倾听时，她就会感到比任何时候都要开心愉悦。这时候她会感到自己对西格莉德喜欢得不得了，把她当成贴心知己。

但是在其他有些时候，西格莉德的情绪会像发神经似的走火入魔，这种时候艾莉就不那么喜欢她了。有一次她们又聊了起来，西格莉德在专注地听着……

"还记得你第一次到我们家来的时候吗？"

"嗯，我那时很害怕，怎么着也不肯进来吃晚饭……"

"为什么呢？"

"因为我怎样也鼓不起勇气……你爸爸也在那里，在我看来他是那么高大……我仍然没有勇气……"

"你现在仍然不敢进来吗？"

"是的，我无论如何都不敢……"

这时西格莉德跳了起来，跑到门口……

"艾莉，我这就去跟爸爸说，让他到这里来同你打个招呼……我去了？"

"你要干什么……你给我听着！如果你敢去，我马上就离开……"

西格莉德在门口晃来晃去，嘻嘻地笑着……

"然后我就告诉他，你认为他是如此高大……"

"西格莉德！假如你……"

"我已经说过了，我已经跟他说过了这些……"

艾莉大声哭了起来，西格莉德不得不抓住她的手，抱着她在房间里甩着转着，一直转到她不得不在哭泣中破涕为笑才停了下来。

"别哭了，别哭了，别哭了！"

可是这时的西格莉德，在艾莉眼中已经不再是平日的那个西格莉德了。尽管艾莉也能闹，但**她**至少是不会像这样来吓唬西格莉德的。

而每当西格莉德像这样发神经时，她就会连着好几天都搞着同样的恶作剧。

每当她们做完功课并聊完天后，如果家里没有其他人在，西格莉德通常会把艾莉带到客厅里。那里有一架钢琴，西格莉德弹着，艾莉听着。艾莉倚靠在钢琴边上，眼睛看着西格莉德，脸上不时地露出微笑。她很惊讶，也无法理解，西格莉德怎么会这么有才华……她能弹出各种各样的声音……不用看自己的手指，看起来甚至想都不用想……音乐就这样自然而然地流淌出来，乐声一会儿重，一会儿轻，时而砰砰嘣嘣，接着又马上缓如潺潺流水。艾莉已经学会听懂几首曲目，那些都是西格莉德弹奏得最多的，也是艾莉总是请求她弹奏的曲子。

"现在弹那首吧……"

西格莉德弹完了，接着又开始弹奏另一首曲子……

"这是一首什么曲子？"

但是西格莉德常常不会马上回答她的问题，而是一边弹奏,一边把目光从艾莉旁边投向客厅。艾莉又问了一句其他什么,但是她好像仍然没有听到似的,一直到她醒悟过来之后才向艾莉问道:"你刚才是说了什么吗……那首曲子不好听吗?"

艾莉不知道曲子好听不好听,她并没有在听那首曲子……曲子也可能好听……但有时她总会有一种不好的感觉,她感到她与西格莉德相比显得那么微不足道。

有时候西格莉德弹的曲子会很欢快。她在钢琴后面一边点着头,一边向艾莉微笑着。她弹得怪怪的,艾莉的心怦怦直跳。

"这是波尔卡[①],这是波尔卡……你快跳啊,艾莉,我在伴奏呢……"

"哎,你明知道我并不会跳,你为什么还这么说?"

"好的,我来教你……"

西格莉德尝试着教艾莉跳舞,让她模仿自己的步子,一边哼着节拍,一边迈出舞步。艾莉试着跟着哼唱和迈步,但是没有成功,于是她再也不想学了。西格莉德也没有耐心教太久,而是自己又跳又唱地在房间里转来转去。

"喏,艾莉,你为什么不跳呢?快来跟我一样跳啊……让我来带你跳……你是女士,我当你的男舞伴。"

艾莉尝试着跳,但是她自己也能感觉得到,她跳得是那么笨拙。

突然有人在前厅按铃。

"铃响了,铃响了……有人来了,西格莉德!"

但是西格莉德没有放开艾莉,仍在环绕着客厅转啊

[①] 波尔卡:一种源自捷克的民间舞蹈,在北欧也很盛行。

跳啊……

"快放开我,西格莉德,把我放开……这是你爸爸!"

"没事的。这不是我爸爸……这是我哥哥……哎,艾莉,你还没有见过阿瑟吧?"

西格莉德停下来不再旋转了。

"别,别,我现在不想……我们还是去你屋里吧……"

"你疯了?阿瑟,到这里来跳舞!"

"哎,哎,你为什么……我不要……"但是阿瑟进来了,西格莉德拉着艾莉的手把她推给他。

"这是我哥哥……我最好的朋友。这是艾莉……艾莉,你不用行屈膝礼……这么大的女孩子不用再行屈膝礼了……对同年龄的男孩子可以像年长的人那样点一下头就行……就是这样!"

艾莉感到有点慌乱。但是当西格莉德接下来搂住她的腰肢又转了一圈时,她也不由自主笑了起来。西格莉德的哥哥也笑了。

西格莉德把手绕到艾莉背后,转过身来面朝着阿瑟。

"哎,阿瑟,快交代一下,你从哪里过来?"

"我当然是从学校里来……你没看到我拿着书吗?"

"你作业会做了吗?"

"哟,哟,你怎么这么会关心人啊……"

"你当然不会做了……"

"我一向都会,可是你却总也不会做……"

"艾莉,你说说,是我不会吗?向他证明一下……"

"她会做吗?"

"她会做。"说完,艾莉变得更加勇敢了点,但是她还是不敢看着阿瑟的眼睛。

"嗯，喏，现在你听见了吧……"

"你们当然都是一伙的。"

阿瑟穿过客厅走进另外一个房间，艾莉从后面望了他一眼。他有一头卷发，身着大人老爷们穿的那种背心。艾莉刚才看到他还戴着假领和蝴蝶结，并配有怀表链。他走路的样子就像是一个大人老爷的样子。

"艾莉，难道他不是一个帅小伙子吗？你说呢？"

"我不知道……我现在要回家了……"

"你不知道？这你怎么会不知道呢？你没有看见吗？"

"嗯，也许他是吧……"

可是这时西格莉德却开怀地大笑了起来……

"嗯，也许他是吧！嗯，也许他是吧！你竟然能一本正经地这样说，这简直是……嗯，也许他是吧！不行，我可学不来，你现在再说一遍……你刚才是怎么说的？"

"别了，哎，西格莉德，现在要告辞了，我该走了。"

"你这么着急走是要去哪里啊……在我这里再待会儿吧。"

"我哪里也不去……可是我必须要回家了……"

"你为什么显得这么窘迫？"西格莉德在前厅里问艾莉。

"我哪有啊？再见了！"

艾莉离开后，西格莉德隐隐约约感到有什么事情令她不安，但是她很快把这个想法甩到脑后。她跑去告诉阿瑟，艾莉是怎样滑稽般地说出"嗯，也许他是吧"。

那天晚上，艾莉在睡觉之前抽泣了好一会儿。她自己也不是特别清楚她到底是因为什么哭，但是感觉好像是因为她自己突然有点想家了。过了一小会儿，她在抽泣之中也就很快不再去想这件事了。

她记起来，西格莉德这次又是表现得那么古怪，也不怎么搭理她……然后是她行屈膝礼……她搞不明白，她说西格莉德哥哥的那些话都有什么好笑的……那也许是有点愚蠢……但是她并不认为自己是因为这件事才哭的。

第八章

第二天早上,艾莉在学校感到情绪有点低落,特别是当所有人都高兴得快要疯狂时,她就更加消沉了。夜里的天气很冷,湖边都已经结上了冰,预计再过几天就可以滑冰了。大家都在热烈地讨论着滑冰的事,所有人都会滑冰。可是艾莉甚至连见都没有见过别人滑冰。她悄无声息地走在其他女生中间,听着她们的欢声笑语,努力在课间做着自己的功课。西格莉德是所有人中兴致最高的……她蹦啊跳啊,双手拍着,并想让艾莉也兴奋起来。

"艾莉,你不会滑冰吗……你真的不会吗?你说什么?"

"我不会。"

"你好让人心疼,所有其他人可都会啊!"

西格莉德无法在同一个地方久留,便又从艾莉身边冲到别的地方与其他女生聊天去了。

第二天早上,学校宣布了滑冰季开始的消息,艾莉觉得这没什么大不了的。当其他女生都已经奔出大门时,她还在自己的课桌上整理着要带回家的书本。艾莉出来的时候,其他人已经跑到了大街上,西格莉德在最前面。

一群男生每人手里都拿着滑冰鞋,一边摇荡着一边向她走来。她从他们中间突然认出了阿瑟。男生们布满了整个街道,艾莉努力尽可能走得靠房屋外墙近些。她感到有点害羞和害怕，但她不知道这到底是为什么。男生们来到了她的跟前，西格莉德的哥哥抬了抬帽子，有礼貌地向她致以问候。艾莉先是差一点又要回以屈膝礼，但是马上想起来对同龄人应该鞠躬。她因此而感到有点慌张，结果是半屈膝半鞠躬地回了礼。她又被自己的动作吓了一跳，腿一阵发软，感觉就像是生了根似的怎么也无法离开原地。

她决定不去冰上了……自己又不会滑冰，去那里干吗呢？

可是，当她从窗户里看到那些没有拿冰鞋的人也从大门侧面走到了冰上，她还是朝那里走过去。

有人已经在冰上开始滑了起来，黑压压地三五成群地滑来滑去。光滑的冰面在阳光下反射着光芒，不时从什么地方发出神秘的吱吱嘎嘎的声音。这令人在感到一丝恐怖的同时，也受到诱惑。艾莉在不知不觉中跑到坡下的岸边。

一些人正在滑冰，另一些人则忙着往脚上穿冰鞋。所有的人都在忙碌着，大家的兴致都很高，谁也没顾上注意到艾莉的到来。

艾莉站在岸边观看。她用眼睛四处观察着，一会儿看看这，一会儿看看那，并试图一直盯住一个人看，直到那人消失在人群之中。

西格莉德几乎是经过她所在的地方滑了过去，却没有看到她。艾莉感到有点欣喜若狂，想大声呼喊她，但最后还是没有喊出声。西格莉德过了一会儿又滑了过来，这回滑得离她更近了，但艾莉在想，还是不去喊她吧……不，不管发生什么，因为西格莉德并没有看到她。

艾莉开始向坡下走去，但是眼睛还在盯着西格莉德看。只见西格莉德在冰上滑着，试图转一个圆圈，但是却转成了后退，还差一点摔倒。这时她的哥哥从那里滑过，西格莉德向他伸出双手，哥哥抓住她的手，牵着她倒着滑。接着他们开始并排滑行，转了很多圈。艾莉一直在观察着他们。他们滑得非常好看，特别是她的哥哥。只见他身体左右摇摆着向前，突然来了一个急转身，一会儿倒着滑，一会儿正着滑，一会儿又金鸡独立般地滑行很长一段距离。在艾莉看来，他任何时候都不会摔倒。

他们在那边停了下来，彼此说了点什么。

接着他们突然径直向艾莉滑了过来，在她面前停下。

"噢，你也在这里啊，"西格莉德一边说着，一边蹬着冰鞋绕着艾莉滑了一圈。她努力显得很友好，但是她的一举一动中却有一丝匆忙之中的不自然。

"哎哟，真是太好了！我一开始根本没有看到你，直到听阿瑟说起……"

可是在艾莉看来，西格莉德看到了自己，但是却假装没有看到。

"您不滑吗？"阿瑟问道。

"我不会。"

"当然，我们可以教您……"

"是的，阿瑟会教得非常好……我也是他教的。"

艾莉喃喃地说了点什么她现在这次不想之类的……

阿瑟去取手推滑椅了。

"我一开始没有看到你……你一直在哪里站着呢？"

"我一直站在这里。"艾莉声音里带着一丝委屈说。

"阿瑟看到你了……他刚才还去迎你了呢。"

"他没说什么吗？"

"没有，或者他说了……不过我不会说出来……"

"听着,西格莉德,他说了什么了?……快说啊,我的好西格莉德……他是不是说……"

"说什么?"

"不,不……我不知道……不过他到底说了什么?"

阿瑟扛着滑冰椅从不远处过来。西格莉德绕着艾莉转了一圈,在经过她身旁时对着她的耳朵说:"他别的什么都没说,只说你有一双美丽的眼睛……"

艾莉的脸唰的一下红了,她什么也说不出来。这时阿瑟过来请她坐到滑椅上去。

艾莉坐上滑椅,阿瑟开始从后面推着她。西格莉德在前面和旁边不时地滑来滑去,向她微笑着,然后慢慢地离开。艾莉身体微微颤抖着,用手紧紧抓住滑椅的扶手,但是与此同时,她又感到一种难以言表的甜蜜。她有点害怕,但是同时又很开心。她听到阿瑟在后面问她害怕不?她回答说不害怕。开心吗?开心。她以前有没有坐过滑冰椅?以前没有。那现在倒是可以再加把劲了!阿瑟推得更用力了。但是艾莉还在想着她从西格莉德那里听到的话,即说她有一双美丽的眼睛,这是阿瑟说的。想到这儿,她变得更加自由自在,讲话也更有勇气了。

西格莉德和阿瑟推了她几乎整整一天。在他们去滑冰的时候,艾莉则在附近从雪坡上往下滑。

第九章

晚上她们一起待在西格莉德的家里。现在艾莉又觉得西格莉德人很好了，就像她一直期待她做到的那样。明天是礼拜日，不用烦心做功课了。姑娘们坐在西格莉德的房间里，吃着西格莉德买的糖果。其他人都没有在家，阿瑟也被赶出门了，这样她们就可以安静地说会儿话了。

"我们现在有秘密了！"西格莉德说。

她们现在要聊聊这些秘密。西格莉德早在从滑冰场回来的时候就说了，她想谈一些非常机密的事情……非常机密的。

她先将自己一条漂亮的头巾和假领戴到艾莉的脖子上，然后让艾莉坐到镜子前，打散她的头发，按照一种全新的发式给她编起了辫子……

"艾莉，假如你只要穿着得体，你就会很好看的。"

"你安静点吧！"艾莉用手做了个什么动作，似乎是有些生气，但是过了一会儿她又说："我妈妈不让，我又能怎么穿呢！"

"噢，但是你这样也挺好，把头发编成这个样子……任何时候，只要你愿意，你都可以戴上我的头巾和假领……我那些东西不知有多少……"

西格莉德从箱子里把塞得到处都是的所有的围巾和假

领都翻了出来。

"你拿吧,只要你想要的,随便拿走。"

艾莉幸福得都不知道做什么好了。今天一整天,先是在冰上,现在又在这里!

姑娘们随心所欲地在所有的房间里玩耍,她们弹着琴、跳着舞,艾莉感觉自己跳得已经完全不像以前那么笨拙了。她看到那条漂亮的围巾在自己胸前舞动,感觉到自己的头发在头后飞扬,仿佛自己的秀发一直在那里以最佳的状态飘逸着。现在即使听到有人按门铃,她也许不会再逃之夭夭了。

直到晚些时候她们才聊起了那些秘密:

"艾莉,你知道什么是爱情吗?"

"我不知道,那是什么?"

"你真的不知道?"

"嗯,那我也许知道一点……"

"那你说说是什么!"

"是不是就像是如果开始喜欢上什么人了……"

"对,对,但是指女孩还是男孩呢?"

"难道不是两个都指吗……我也不怎么清楚……"

"你从来没有喜欢过哪个男孩子吗?"

"我没有……你呢?"

现在那个大秘密登场了……

"我有过,但是你对谁都不能说,谁都不能说,任何时候都不能说……你能答应吗?"

"我答应,我能答应……"

"我也许还是不说的好……"

"我认识那个人吗?"

"你大概不认识……你肯定不认识那第一个人……但是也许认识第二个……"

"第二个？你还喜欢另外一个？"

"天啊，我还喜欢很多个呢……所有其他女孩也是……但是我不是很喜欢其他人，除了那一个。不过我可知道谁喜欢你……"

"我可真的没有人会喜欢，也不会有人喜欢……永远不会……"

"当然有人喜欢……我知道的，因为那个人对我亲口说过……"

"对你说过？"

"或者实际上也不是说过……我不告诉你我是怎么知道的，但是我还就是知道……"

"你净逗我……"

"我没有逗你……看，这是我的手，我没有蒙你……"

"喏，那人是谁呀？"

"不，这我不能说，不管你怎么问我……我不说，你可不能生气……但是我不能说出来。"

不知不觉间，话题还是转到了西格莉德的哥哥身上。西格莉德首先提起了他，奇怪他在哪里耽搁了，因为还没有回家。她接着又说起她是那么特别特别地喜欢自己的哥哥。

艾莉说，有一个同样年龄的哥哥会很开心的，可是她没有……

西格莉德就像是随便开着玩笑似的开始说道，阿瑟刚刚爱上了某个女孩，但是他现在已经不再爱她了。那个女孩很坏，而且很会卖弄风情……夏天的时候阿瑟已经把她完全忘掉了……

"那女孩是谁?"艾莉小心翼翼地问道。

西格莉德不想把这个人的名字说出来……或者说出来也罢,只要艾莉不去对任何人讲……

不,她不会讲的……

"嗯,那个人是伊达……但是阿瑟已经不再喜欢她了……一点也不喜欢了……"

她们沉默了一会儿,接着艾莉说道:

"我第一次看到你哥哥时,我为什么会那么怕他呢?……我觉得他像个成年绅士一样……"

"他差不多已经就是个大人了……他都有了一些胡须了……"

她们又沉默了片刻,西格莉德盯着艾莉的眼睛看,微微笑着。

"你笑什么?"

"我没有笑……"

"那你怎么这样看着我……"

"我只是在想一件事……"

"什么事?"

"呵呵,我不说……"

"快说啊……你可完全不像是我的朋友……你有秘密瞒着我……"

"好吧,嗯,这其实也没有什么……我只不过是在想,我同某个人在一起聊了你很多……"

"你们什么时候聊的……和谁啊?"

"和某个人。"

"和谁啊,快说啊,亲爱的西格莉德,和谁啊……"

"和阿瑟。"

"是吗，原来你们在聊我……那你们不会有多少可聊的。"

"有，有很多。"

"不会有的……根本不会的……一点也不会。"

艾莉装作满不在乎地说……但是她还是担心自己的声音会发抖，这样西格莉德就会察觉到。

"让我来给你弄弄头发……阿瑟说，你有一双好看的眼睛和漂亮的头发……比全学校里任何人的都漂亮。"

"你这个人啊，可快别乱说……"

可是西格莉德拉着艾莉旋转了起来，艾莉感到自己是那么幸福，泪水涌上了她的眼帘。

那天晚上，艾莉在上床睡觉时体验到一种以前从未有过的奇特的感觉，连觉也睡不着了！此外她自己还产生了一些怪里怪气的想法……让她的脸颊不时感到有些酸酸的，很不舒服。但是与此相交替，她又会感到心情十分愉悦，无比愉悦……

难道西格莉德所说的都是真的吗？有一双漂亮的眼睛，比全校所有其他女孩的都漂亮……也比西格莉德的漂亮……这是阿瑟说的……阿瑟！

也不知怎的，但是她的这些想法似乎是点燃了一只熄灭已久的蜡烛……她从床上起来走到一面镜子前……在自己脖子上系上一条头巾，将头左右转动着，尝试着把头发梳成像那时一样，梳成那种最适合她的发式。

第十章

他们从雪坡上向下滑,滑行的速度之快,令人感到心底在颤抖,并扩展至全身,特别是对女生而言。她们尖起嗓子惊叫着,两手蒙着眼睛。男生们则弯着膝盖在后面驾驭着雪橇,双唇紧闭,用一只脚愤愤地将雪扬到半空中。男生们发起了这次山坡滑雪之旅,邀请了姑娘们,约好下午三点带着雪橇来接她们。

阿瑟是这次活动的组织者,他邀请了艾莉。他们已经非常熟悉了,彼此之间几乎是以你相称……但这似乎只是无意间偶尔发生,在大部分时间里他们还是相互以姓名相称。艾莉见到阿瑟时已经一点也不害羞了。她觉得自己从前真是个没脑子的姑娘,一开始还打算落荒而逃!

他们轻快地滑着,轮流拉着雪橇板。尽管阿瑟一开始还不想同意艾莉拉,但是艾莉执意要拉。

山坡上的滑雪者五花八门。人们排成长长的黑色队形向山坡上移动,与此同时其他人在向山下疾驰而来。他们俩相互提醒着对方注意,他们还发现所有的姑娘在滑过一个最急的弯道时都会发出尖叫。男生们都站在路旁,模仿着跟着尖叫起哄。艾莉暗自打定主意自己决不发出尖叫……无论心底如何颤抖。

她也确实没有发出尖叫,男生们在后面喊道:"这个女生同别的女生还真不一样！"

"你难道一点都不害怕？"当雪橇板滑到一片稍为平缓的路面时阿瑟问道。

"不怕，我有什么要怕的！"

当艾莉从雪橇上跳下来的时候，她浑身上下都散发出一种敏捷和灵活的气息。在阿瑟看来，其他女孩同她相比不过是瓷娃娃而已。

"不怕，我为什么要害怕呢？"艾莉大胆地看着阿瑟的眼睛，期待着回应……

"如果不巧翻了呢……"

"那又有什么，爬起来就是了！现在轮到我来把雪橇拉上山了！"

艾莉与阿瑟一前一后地滑下山坡，阿瑟向西格莉德十分肯定地说，他认为，除了艾莉以外，所有其他姑娘都如同娇惯的小姐一般，他简直无法忍受她们。

当他们两个人在一起滑时，所有人都在盯着他们看并欢呼着："要滑就应该这样滑！"接下来男孩子们便会更加夸张地模仿那些尖叫的女生。

有一次他们俩滑摔倒了，雪橇连着翻了好几个跟头，但是他们俩都同时迅速地爬了起来，笑着应对所发生的一切……

"假如这样的事情发生在别人的身上会怎样……他会不会……"

"而我们却毫不在乎！"

"嗯，我们不在乎……我们这里有两位是那种什么都不在乎的人！"

这让人感觉很奇怪，他们俩都是那种什么都不在乎的人。

"喏，艾莉，你这么开心，我都认不出来你了。"西格莉德对她说。

"开心吗？开心啊！为什么要伤心呢？你在哪里滑呢？"

"我的伙伴太差劲儿了，他总是担心会摔倒。"

"我的同伴却很棒！"

"是的，阿瑟……哎，阿瑟，你过来这里带着我滑，要赶在那个人从那里过来之前。"

"西格莉德！让我来带你吧！"艾莉说。

"你会弄翻的。"

"我不会翻的，你会看到我不会翻的……我可是最奇特的跳跃者……让开啦！"

艾莉在西格莉德身后单腿弯着膝盖跪到雪橇上，另一只脚蹬着雪向山下滑去。一切都进行得十分顺利，赢来一片欢呼声。艾莉的表现让大家感到惊奇，获得了广泛好评。阿瑟觉得她的眼睛简直就像是在放射着光芒。即便她在其他方面并不那么漂亮，即便她的外套穿在身上显得后摆有点太靠上了，即便她的举止比其他女生更加自由自在，那又如何……而这种自由自在正是她最大的优点。

"现在让我来带你滑。"艾莉突然对阿瑟说。她兴致盎然，热情四射。

"带我滑？"

"对啊，是啊，为什么不呢！……快坐好……我们要让他们那些人看看，我们……"

他们在向下滑着，艾莉在后面掌控着方向，阿瑟坐在雪橇里。

但是当他们重新回到山坡上，艾莉提议同样再来一次时，阿瑟却没有同意。

在他们上山的时候，已经有男生开始在后面嘟嘟囔囔道：

"让女生指挥你！"

"他们订婚了……"

"那姑娘已经非常疯狂地爱上他了……"

"你们看到了吗？在她用脚掌控方向时，她那难看的灰袜子都露出来了。"

他们说的这些话令阿瑟感到不快，特别是那最后一句。他知道，这些男孩子会有好多天都不会放过他的，但是别人非要请他坐到雪橇上去，他又有什么办法！

慢慢地，艾莉整个人也开始让阿瑟感到不快。所有的一切现在看起来好像是另外一种样子了。艾莉举止笨拙，穿着很差，几乎是土里土气的样子。她现在又在与西格莉德一起往山坡下滑，腿伸得长长的，整个袜子都露了出来。她这种样子怎么合适！她接着又气喘吁吁地向山上跑去……其他女孩子谁也没有这么做过……

阿瑟有意识地不再邀请艾莉上自己的雪橇了，而是去邀请别的女生。他先是十分礼貌地把雪橇停到伊达面前，躬身脱帽请她坐在上面。伊达穿着一身极为漂亮的镶着白边的冬装，还配着白色的帽子和暖手筒。

晚上所有参加山坡滑雪的人都应邀去西格莉德家跳舞。艾莉也在准备着去参加舞会的衣服。她以前从来没有参加过舞会，她的衣服也不完全像是跳舞穿的衣服。但是她与西格莉德和阿瑟是那么熟悉，她同他们一起跳过舞、滑过雪坡，因此即使她不大会跳和身着平常的衣服，也不会有太大关系。她一边哼唱着，一边在镜子面前把西格莉德给她的领结戴上,望着自己的眼睛和因为滑雪而仍然红扑扑的脸颊。

走在大街上时她还哼唱着歌,并不时地小步跳着。

她走了很长一段路后,看到一个灯火通明的窗户。她马上放慢了脚步,因为那种明亮的灯光让她产生了一种奇特的感觉。

这一切在她看来都显得有点太隆重了。

接下来好像是有某种奇怪的事情让她感到害怕。

当她走得越来越近时,她去参加舞会的信心与意愿也就消失得越来越快。同时她还开始感到,他们滑雪滑到最后时也并不是所有的一切都那么顺利。她想起阿瑟到了最后不再邀请她上他的雪橇,也没有送她回家,虽然在来的时候曾过来接她。艾莉走到大楼近旁,看到外面街上有许多人都在向里面张望——可以看到耀眼的水晶挂灯和前后攒动的人头——她很想转身回去。但是当她听到身后有其他女生熟悉的声音时,她便匆匆加快脚步走了进去。

前厅里其他刚到的人都在忙着把手套戴到手上。而艾莉却没有手套。她临时也找不到像其他人身上那样好看的连衣裙。她的头发梳成了辫子,而其他人的头发都是散开的,她们的头上还插着鲜花。

西格莉德跑到前厅迎接她,艾莉把她拉到没人的地方问道,她没有手套可怎么办啊……

"你没有吗?"

"没有啊……我现在该怎么办?"

"没关系……你不需要戴手套……"

"而所有其他人不都有吗?"

"噢,我不知道……也许吧……不过没关系的……"

但是假如西格莉德真的认为不需要戴手套的话,她并没有像艾莉所期待的那样很确定地这样说。西格莉德自己也戴了一副手套,而且是全新的,仅从这一点也可以看出西格莉德是怎么想的。

阿瑟也走过来问候,艾莉马上注意到,他这次同以往每次问候的方式不一样了。以前他是像熟人那般微笑一下,但是现在他则是礼貌地鞠躬,表情像成年绅士那样冷冷的,完全一副陌生人的样子。

西格莉德将艾莉和其他女生带了进去。在门口,艾莉看到有几个姑娘穿着白色的礼服,而她自己身上只有那件灰色的家里自制的裙子。这件裙子她以前与西格莉德一起在昏暗的光线中跳舞时曾多次穿过,而现在它在明亮的灯光下看起来同以前比完全是另外一副样子。除此之外,屋子另一边坐着上校和上校夫人,她还要横穿过地板去问候他们。她走过去的时候感觉膝关节像是要融化掉似的,就连屈膝礼也做得极为糟糕,像个乡下人似的。

接着她感觉到上校好像还用眼睛的余光扫了一下她的裙子。其他女生至少是这样做了,这一点艾莉看得很清楚。当她回到墙角边上的椅子旁时,她蜷缩到其他人后面一个被鲜花挡住的地方,一个尽可能不引起人们注意的……角落里。她不得不用尽全力不让自己哭出来。

接下来,她便从那个藏身之处观察着其他的人。西格莉德显得那么高兴,她跑来跑去来到每个人的身边,也过来问艾莉她为什么要坐得这么隐蔽……但是她却没有请艾莉从那里出来。西格莉德穿得极为漂亮,艾莉注意到她戴的手环非常衬她的皮肤,她还拿着一把别人谁都没有的扇子在侧面轻轻地挥动着。她在艾莉看来完全是一副陌生的样子，就像是换了一个人。

"看啊，看她又在怎样招摇呢！"艾莉听到身后有个女生在对同伴说。艾莉先是对所听到的感到心烦，因为这些女生是那种看谁都嫉妒的人。但是"招摇"这个词却留在了她的脑子里，不知不觉间在那里发酵，直到晚上逐渐形成了自己的看法。

在艾莉看来，当西格莉德一边高兴地聊着天，一边与那些她曾对艾莉说过让她无法忍受的女孩，如伊达手拉着手一起走时，就很像是在有意招摇。艾莉一开始对此感到不可思议，后来又感到有些伤心。

也许她会因为某件别的事而感到更加伤心。阿瑟一点也没有注意到她，压根儿就没有过来同她说话。他与伊达和西格莉德以及其他那些打扮入时的女生在地板上走来走去。当他在大厅里走近艾莉坐着的地方时，艾莉感觉到他看了自己一眼……也许他的确是看了一眼，可是紧接着他的目光又马上移往别处，在艾莉看来阿瑟根本就没有看到她。

阿瑟一直陪在打扮得最入时的女生身边。艾莉自己并没有注意到这一点……那些嫉妒心十足的女生们曾经提起过这些，艾莉听到后便记在了脑子中，而现在都成了事实。西格莉德的妈妈走到钢琴旁边，开始弹奏一曲华尔兹。第一批舞伴们已经在地板上开始旋转，他们是阿瑟与伊达，以及西格莉德与某个高中生。当艾莉看到他们迈出第一步时，她马上就明白了自己其实不会跳舞。

于是她开始观察阿瑟与伊达。阿瑟真的喜欢那个伊达吗？艾莉在想，她想了一会儿后便得出肯定的结论。可是为什么西格莉德还要说阿瑟不能忍受伊达呢？为什么阿瑟没有邀请伊达作为他的滑雪伙伴而是邀请了自己呢？他们的舞姿很美，她记得曾听人说过，伊达是所有女生中舞跳得最好的，而阿瑟则是男生中最棒的。这样他们就很般配了，她怀着一种奇怪的苦涩心情想着，并试图挤出一丝嘲弄的微笑。她的一只胳膊肘撑在椅子背上。

当她使自己处于这样的心态后，便试图把心气调整得再高一点，进入一种什么都不在乎的状态。但是她仍然不得不时常挤一挤自己的眼睛，以免让泪水充盈双眼。

艾莉竭力不让自己哭出来，最艰难的时刻是有一次阿瑟过来邀请她去跳舞，她说自己不会，阿瑟便转过身去邀请刚刚同别人跳完一曲的伊达跳。透过自己的泪水，她朦朦胧胧地看到他们是如何在地板上一圈一圈地旋转的。伊达面带微笑，娇媚地扬着头，阿瑟则略微躬着身子对她说着什么。阿瑟显得同以前完全不同了，艾莉很难理解他们俩当时在滑雪时怎么就能成为那么好的伙伴。一想起这些，艾莉就再也无法抑制住自己想哭的感觉，不得不跑到西格莉德的房间里去平复一下自己的情绪。她横着趴到床上，将心底压抑的一切都释放了出来：难看的衣服、不会跳舞、表现怪异的西格莉德，以及阿瑟，尽管她并不怎么清楚他为什么会这样……这一切都令她感到厌恶……

从大厅里仍然传来舞曲的节奏和轻快的舞步声。艾莉压抑着自己的哭泣声，耳朵听着外面，但是眼泪很快又像洪水般涌了出来。她试图控制住自己的眼泪，对自己仍然哭个不停气得牙关紧闭。但是当她听到似乎有人要进来时，便瞬间停止了哭泣，马上跳起来靠在了桌子前面。

这一次没有人进来。不过舞蹈倒是停了下来，隔壁的房间里挤满了女生。艾莉听到她们在谈论着宫廷对舞。

她们都被邀请去跳第一曲宫廷对舞，一些人还要跳第二曲。

"阿瑟会同谁跳？"

"同伊达跳。"

"他为什么不同艾莉跳……她可是他的雪橇女伴啊？"

"艾莉会跳宫廷对舞吗？要是看到她是怎样跳跃的一定会很有趣。"

"伊达比她跳得好。"

"她只是看起来这样，她的连衣裙是那么合身，她还有一双新舞鞋……"

这是那个嫉妒的女孩的声音。

"你们注意到了吗，阿瑟和伊达跳舞的次数有多频繁？他在开场华尔兹中就跳了三次。"

"听着，姑娘们，那个艾莉真的不会跳舞吗？"

"她也许除了会大大咧咧的喜鹊步外就不会别的了……"

女生们觉得这句话说得十分机敏而巧妙，于是她们中爆发出一阵笑声。这时奏响了宫廷对舞曲，艾莉听到男舞伴们过来接她们一起去客厅。

女生们的嘲弄在艾莉心中引起了逆反。

她坚定地站了起来，来到客厅门口站在那里。她希望故意让大家看到，她刚才没有被邀请跳舞，她可以允许别人来请她跳舞，而她可以说她不会跳，也根本不打算学。

他们在地板上跳的那些舞蹈在她看来是如此可笑！他们蹦啊跳啊，相互推来推去，做作得可怕。西格莉德尤其如此。在艾莉看来，她试图表现得尽可能的迷人可爱。当她跳着舞步经过艾莉身边时，她向她微笑着点头致意，这在艾莉看来也是一种招摇，于是她装作好像没有看到似的。

接下来西格莉德便不再把目光投向她了。

但是这种反叛的感觉在不知不觉中开始慢慢融化。音乐时而演奏得十分忧伤，舞伴们在无声的节奏中几乎是很认真地踩着舞点。那时候她感觉想要融入那群人当中去，像他们那样前后飘移、旋转。之前阿瑟来邀请她时，她为什么不去跳华尔兹呢？她其实是和西格莉德一起跳过华尔兹的，西格莉德还说她可以跳得起来。她心里这样想着，舞会仍然在继续着，人们在交换着舞伴，而她的心情则更加忧伤，那种逆反的感觉也流逝殆尽了。她心里有一种奇怪的空虚压抑感，在她意识到之前，泪水又涌入了眼帘。伴随着一片熙熙攘攘的噪声，客厅的地板上出现了一阵骚动。到现在为止艾莉的手一直扶着椅子的靠背，站在门的正中间。现在她退回到门框边上，坐到了椅子上，从那里继续向客厅里观望。她不想将目光从那些耀眼的地板和沿着地板滑动着的舞伴们身上移开。

她用目光追逐着阿瑟，他们的目光不时相遇。他在与伊达跳着舞，引领着宫廷对舞。有时他把女伴送回原地，接着去带其他人跳。艾莉那时有一种隐隐约约的期许，也许阿瑟会突然把伊达撂在那里，过来找她，然后他们就一起跳舞，而伊达则一个人坐着。

那一半是梦境，在不知不觉间进入了她的脑海，在那里忽然间就生成了这样的一个场景……她打扮成漂亮的白色佳人———一头散开的卷发和红色的蝴蝶结、一副手环和一双小巧的丝鞋———一开始谁也没有发现她藏在这里，他们都认为她还穿着以前的那套难看的衣服，因此谁都没有过来邀请她。但是随后阿瑟还是过来了，他们沿着地板跳起了舞。地板上没有其他人，只有他们俩在跳舞。她比其他女生都跳得更好……大家都在看着……他们一起跳了很久很久……

当她还沉浸在这些美梦中时，宫廷对舞已经结束，大家跳起了终场华尔兹。阿瑟与伊达又在一起旋转着，在地板上跳到最后。他们跳得无忧无虑，自由自在，间或相互交谈着。艾莉看着他们跳舞一直看到最后。当阿瑟离开伊达去男士房间时，艾莉才悄悄回到西格莉德的房间。

她希望能一直藏在那里，这样谁都看不见她，她也不必去面对其他人。让他们都在那里跳吧，她自己藏在这里。她为什么要到这里来呢？但是她确实以为就像是以前在西格莉德家里一样。艾莉回忆着，她回想起他们在那张桌子边上谈论阿瑟时所说的一切，以及其他一些事情，还有西格莉德是怎样在那面镜子前把她的头发扎起来，并说她头发很美。

现在整个房间则已是面目全非。那扇门当时是关着的，前面是西格莉德的床铺，现在挪到了紧挨着大衣柜的地方。这间屋子现在看起来如同其他房间一样陌生。

慢慢地，艾莉产生了一种不可抗拒的、要离开所有人回到自己小屋的想法。但愿能够想个办法悄悄地离开，不让任何人看见。这里谁都不需要她！每个人都有自己的同伴……

"艾莉在哪里？"她突然听到西格莉德在隔壁房间里问道。与此同时，她来到自己的房间门前，发现了艾莉。

"你在这里呢。你为什么一个人坐着？你用了茶或其他什么了吗？"

"我不想喝。"

"听着，艾莉，你怎么了？你都快要哭了……"

"噢！没有哇，我当然很开心啦。"

艾莉试图表现出一副讥讽的样子，但是涌上来的哭意却让她无能为力。西格莉德被她感动了，她把艾莉拉到自己胸前，吻了她一下。

"听着，艾莉，快说，你怎么了？"

"没什么……"

"你是不是因为不会跳舞而不开心？"

艾莉没有回答。于是西格莉德突然跑开了，但马上又拉着阿瑟的手回来了。

"现在我们一起来跳圆圈舞！姑娘们，来跳圆圈舞！"

他们俩一边一个，把艾莉拉进客厅。客厅里很快形成了一个边旋转边唱着歌的舞蹈圈。

阿瑟首先请艾莉加入舞圈内，其他人一起唱道：

"只做我的爱人，我爱的是你。"

艾莉突然之间就完全被陶醉了。所有的事情都被忘在了脑后，以往的不快、笨拙的鞋子、简陋的穿着以及不会跳舞的遗憾。这个舞蹈她会跳，阿瑟邀请了她来跳舞！她转啊、跳啊、唱啊，秀发飘洒着，裙摆飞扬着。

第十一章

第二天早上,当艾莉去学校时,西格莉德还没有到。其他女生几乎全都站在一幅巨大的黑板后面聊着天,背朝着壁炉取暖。

艾莉正巧站在黑板前面,上面挂着一幅地图,她在看地图。

女生们在议论着昨天的舞会,对来自男校的同学品头论足。

"不过那个艾莉,她该有多可笑啊!"突然一个女孩说道。

"是的,"另一个马上接着说道,"你们看到了没有,她是怎样大步跳跃着跳圆圈舞的……她别的什么舞都不会……"

"就像我昨天已经说的那样:她是一只喜鹊。"

艾莉打算走开,但是身子还是站在那里没挪窝儿。黑板后面的谈话在朝着同一个方向继续着:

"我不明白,那个西格莉德本身那么具有贵族范儿,怎么会喜欢上艾莉那样一个农民的女儿呢?"

"我也不明白。"

"她不再喜欢她了。"

"你怎么知道的?"

"我当然知道了,是她自己说的。"

"她说什么了?"

"她说,她一点也不在乎艾莉了……"

"是的,她说过……她对伊达说的,我也听到了。"

"可是姑娘们,你们知道吗,西格莉德还说了什么?"

"什么?"

"她还说,那个疯子还以为阿瑟爱上了她呢。"

"不会吧,可是这也太……"

有人在喊大家去祷告了,谈话便就此中断了。

当艾莉听到这些谈话,特别是最后那一段,她感觉就好像是什么东西在她身体里卡住了一样。

她那么信任的西格莉德!

可是不,这让她完全无法想象……她最好还是不要去想。

她没有去参加祷告会,而是留在了班级里,眼睛透过窗户向街上望去。西格莉德迟到了,祷告会开始时她也来到教室。她进来时面带微笑,打算走近艾莉。

但是走到一半时她又改变了方向,神色有点慌乱地悄悄朝着祷告厅的门走去。

艾莉转过身来,冷冷地看了她一眼,目光中透出一丝生硬,接着又转过身去望着窗外的街道。

第十二章

几年后艾莉结束了学业，彻底回到了家。她将留在家里，不再离开了。既然她已经有了一个良好的开端，她当然还想继续学业，可是爸爸说家里的钱供不起了。"一个**姑娘家**"不需要把满世界的东西都学到手……少学一点也足够她用了。

再说爸爸对她的学业本身也不是特别满意……

"你在那里都学到了什么？"他问道。艾莉不明白爸爸为什么这么气恼地问，除了这样回答以外，她也不知道该说些别的什么："我不知道。"

"可是她的成绩单很不错啊……她差不多排在头几名。"妈妈提醒道。

爸爸对此没有做出任何回应。如果他脑子里有些什么想法，现在都混到了一起变成了烟雾后面的嘟囔声。在女儿身上已经有了一些成年人的气质，当面训斥她已经不太合适了。她每年回家时，他的这种感觉就会越来越强烈。

晚上妈妈干完活回家，躺到爸爸旁边自己的位置上时，爸爸向她抱怨道：

"那丫头不是让我感到特别开心……或者我指的不是女儿，而是她的学业……她都学到了什么？啥都没有！尽管他们又是答应又是保证的……"

"你指的是什么?"

"我指的是,她为什么不像一个温柔的女儿那样抱着她老爸的脖子亲吻,在餐桌上她也并没有比以前更懂得礼貌。我试着望了一眼而包策,但是她有注意到吗?"

"这可能是刚一开始这样……她刚刚回到家,还没有马上注意到。"

"这种时候她就更应当……像她这样还是那么笨手笨脚的样子……看来她什么时候能嫁出去,甚至能不能嫁出去都要走着瞧了……"

"唉,可是孩子她爸,这事她现在还来得及……"

说到这里爸爸又沉默不语了。长时间的沉默。接着他转身面向墙壁,轻轻地咳了一下就睡着了。

妈妈侧转过身来,重重地叹了一口气,这段时间她每次上床睡觉时总是这样。

"他都在想些多么没用的事啊!"妈妈为此而叹气。"尽管死亡随时都可能降临……说不定就在今天这个夜晚,而他的心思还拴在那些世间的凡人琐事上。"

在明亮的夏夜里,当妈妈看到眼前他那光秃秃的后脑勺掩在一天天稀疏的头发下时,那种对丈夫可能不久于人世的担心越来越明显地压在妈妈的心头。她害怕自己哪一天也会撒手人寰,同时也担心整个世界和人类的灭亡与消失。假如能够做好准备,假如能够对自己的追求始终不渝地追求到底,便可以当之无愧地进入新的生活……

艾莉也注意到了爸爸在过去这一年里苍老得厉害。人的年龄仿佛是在等待着某一个明显的界限,一旦跨过这道坎便会以异乎寻常的速度开始走下坡路。当艾莉走进院子,看到爸爸站在台阶上时,她马上从他那已经变成灰白色的头发上注意到了这种变化。爸爸在跨过门槛进屋时还差一点绊倒。接着她又感到他的言谈举止和提出的各种各样的问题都很孩子气。

至于妈妈，艾莉还搞不清楚她是变老了还是没有。但是她还是注意到，妈妈努力关注着爸爸哪怕是最细小的需求。这一点现在很引人注目，因为妈妈以前对爸爸一直是有点反应迟钝的样子。

当艾莉坐在自己的卧房窗户边上脱去身上的衣服时，她这些白天所做的观察重新进入她的脑海。

我现在是彻底回家了，她接着想道。

我的学业现在也结束了，她又想道。

与此同时，昔日的回忆如同跳跃式的片段开始在她脑海中闪过。对第一个学期的回忆现在仍然让她感到十分沉重，这些回忆在她回家之前曾困扰了她很长时间。因此艾莉很不愿意去回忆那段时光，尽管它会经常强行闯入她的脑海。她曾经把西格莉德的友谊想象成是永恒不变的，当她发现实际上是怎么一回事后，她在一开始很受打击。同学们都注意到了她有好几天都是表情僵硬，面色惨白。慢慢地，她的情绪有所化解，但是还是不能完全恢复到原来的样子……在她的心底留下了一层冻土，常常会透出阵阵凉气。她与西格莉德不再说话，也不做任何解释。她们就像签了秘密协议一般，彼此会主动避开。有一段时间，西格莉德看起来似乎是受到什么事困扰，她试着想接近艾莉。但是当她没有成功后，她又结交了新的朋友。接着在第二年春天她就随着父母搬到芬兰南部什么地方去住了。

西格莉德的离开对艾莉来说是一种解脱。因为每次当她来到学校看到西格莉德时，那些往日的回忆都会刺痛她的心。特别是每过一段时间艾莉就会不时地感到，西格莉德还是那个同以前一样可亲可爱的女孩。

在随后的几年里，艾莉对读书的兴致很高。她在学校的功课各科都获得第一名。而课外书她看得更多。每天夜里，她都如饥似渴地读着所有她能找得到的书，她翱翔在书的世界里，在神奇美妙的国度里探险旅行，她羡慕身材健美、浑身闪耀着金光的王子，她与那些被监禁在精灵山洞里为了爱情而呻吟的公主们一起受苦受难。只有当蜡烛燃尽时，她才不得不稍作停顿，一直到黑暗的房间让她想象的翅膀再次有了飞翔的空间，她可以独自继续那令人眼花缭乱的旅行。那确实是令人眼花缭乱。一座高山巍巍耸立，高如喜马拉雅山，在地平线的另一端矗立着另一座同样的高山。她知道两山之间的旅途怎样走，因为有人用星星为她照明了道路，在那里期待着她，半程相迎，半程相送。啊，这种感觉可真奇妙！

这不是梦境，也不完全是梦醒时分的思考。这是她两眼睁开时的梦想，是她自我心绪的诗歌，它在不知不觉中出现，驻留片刻，便又消失，无论如何挽留也挽留不住。

但是那些梦想有时也会以具体形状出现，会形成文字，并自动产生音韵，特别是在那些晚上，当她闲躺在床上倾听着墙上挂钟的嘀嗒声时。但是到了夜里，这些梦想也会消散开去，于是到了早晨她便记不起来自己昨晚在线团上都缠绕了些什么。

早晨她的脑子里则装着其他事情，主要是学校的各门功课和成绩。她有一种迫切的愿望，就是要向所有那些轻蔑地议论她的人表明，她也有自己擅长的东西。于是她刻苦地读书，在第二学期成绩就在班上名列榜首了。

她确实非常热衷于读书,她本想能知道得更多,学到得更多。但是这时学期结束了,爸爸要求她回家。

她在出发之前把自己所有的书都整整齐齐地码放到柳条筐里,放在最上面的是她自己买的几本文学作品。

这些书现在都放在她的房间里。她取出最上面的一本看了起来。这是鲁内贝格[①]的《汉娜》。她随便翻着,但是现在不想读。她感到有些累了,在这样的小房间里她还感到非常沉闷。她想打开窗户,但是发现越冬的玻璃还没有卸掉。她的感觉同回家后与爸爸妈妈一起坐下来喝接风咖啡时一样。空气中有一种沉重和发霉的感觉,或者说更像是一种陈旧的感觉。透过双层窗户看到的整个景色显得低矮而沉重,到处都是皱褶。这里的一切还是那不变的老旧样子。她想起了刚才来时拉车的那匹老骟马,马身上的金属配件和那永远不变的轻型马车,马的鬃毛从撕裂开来的皮具缝隙中向外扎了出来。

但是爸爸是所有人中衰老得最厉害的……是他在那边打呼噜吧……在那面墙的后面。

---

① 约翰·路德维格·鲁内贝格(Johan Ludvig Runeberg, 1804—1877),芬兰瑞典族著名诗人,芬兰国歌歌词作者。其田园诗《汉娜》(1836)描绘了芬兰夏日风光,反映了年轻妇女春闺寂寞的心情。

第十二章

清晨,艾莉早早地就起来了,她去察看了所有熟悉的地方:地窖屋顶、渔具小屋和许多其他的地方……她的那些回忆都与这些地点密切相连,她兀自笑了起来。

晚餐时,为了庆祝艾莉回家还特意上了甜食。在餐后小憩前,爸爸向艾莉询问起学校的各种情况。艾莉讲述了几件有趣的事情,逗得爸爸大笑起来。他随后又笑了一遍,看起来很是开心。妈妈也嘿嘿地笑了。

当爸爸要去休息时,他满意地拍了拍艾莉的头。艾莉取出自己的书,出门到花园里去读。她已经在那里的花楸树下为自己选好了一个位置。过了不一会儿,妈妈也去了那里。

"你在读什么书呢,艾莉?"

"这是鲁内贝格的《汉娜》。"

"让我看看……这不是那种小说嘛!你不应该读这样的书。"

"这不是什么小说。"

"难道这书里没有谈到爱情?"

"我难道不能再看这本书了吗?"

"我不希望你读。"

"如果我读,有什么不好吗?"

"那可是罪过……"

艾莉看着妈妈,什么都没说。

"唉,你现在还不明白,很多人都不明白这一点……但是你妈妈知道,因为她亲身经历过这一切……禁止并不能奏效,只能使事情变得更糟,我并不想禁止你……因为年轻时想要……但这可是万恶之首,在那些书里将世俗的生活描写得那么美好……而人们却无法得到,尽管他一生都在徒劳地渴求……但是如果你研究了上帝说过的话,你就会发现,他并不是给予此生的幸福,此生很快就会灰飞烟灭,而是给予永远不灭的永恒的幸福……一旦能够到达那里……"

妈妈深深地叹了一口气,泪水沿着她苍白的脸颊流了下来,她没有去擦。她继续坐了一会儿,两手习惯性地垂在衣裙边上,眼睛看着前方的草坪。她沉默着,艾莉也没有说话。艾莉觉得她应该对妈妈说点什么;但是她无话可说。

随后妈妈走开了。她走得很沉重,肩膀躬着,有些扭曲。她的脑后挂着一条开始有点枯萎的小辫子,辫梢几乎抽缩成了一根头发……艾莉听人说过,妈妈年轻的时候曾经非常漂亮……并因此而闻名遐迩。艾莉突然间感到一种对妈妈的无限怜悯,假若她胆子再大一点的话,她会跟着妈妈身后跑过去拥抱她。但是她们之间的关系一直是那么生分并带有几分羞怯。

那一天艾莉整天都在妈妈身旁,帮助她料理家务。

妈妈皈依基督教复兴派①了。艾莉此前回家探亲的时候

---

① 基督教复兴派(Revivalists,又称奋兴派),19世纪中叶在美、英兴起的基督教新教派别,谋求教会的复兴,着重鼓动宗教狂热。

就已经有所觉察。但是直到去年，妈妈才舍弃了太太的衣着，穿上了复兴派的装束。

去年冬天，她独自与家里的长工一起坐着那匹老骟马拉的车，长途跋涉去了波赫雅玛的一位复兴派老者家中。过了一段时间，那人亲自来到了牧师家中，在家里度过了一个夜晚和一个白天。在那之前，妈妈内心经历了巨大的痛苦，但是自从那位复兴派老者一离开之后，妈妈的心情便平和了许多。

当那位复兴派男子跨上马拉雪橇时，大家听到他道别时对爸爸说：

"你夫人身负真切的痛苦，她渴求永恒的生命……尽管你自己是一位无忧无虑的男子，但请不要禁止她进行祈祷练习……即便你在自己的房舍中拥有这样的权力。"

爸爸并没有严令禁止，因为妈妈在这段时间里事事都令人惊奇地表现得谦卑顺从和富有耐心。她就像一个真正的妻子应该做的那样照顾他。爸爸在思忖，自己在慢慢变老，越来越需要有更多的照顾。

于是在那之后，几乎是每个礼拜天晚上，有时还会在平日里，一些年老的妇人和几个沉默寡言、情绪低落的男人来到妈妈的厨房和厨房小屋。他们沮丧地坐着，读着祈祷书，唱着悲伤的圣诗。

爸爸饭后休息完毕，抽过了他的烟斗，透过开着的门听到圣诗的声音从房子一头传到另一头，他感到有些不快。他从一个房间走到另一个房间，站在窗户前面，一会儿望望花园，一会儿看看庄园，一会儿又望着从牧师家通往教堂的林荫小道。但是那里也没有什么特别好看的，没有发生任何有趣的事情，一切都沉浸在静谧如常的礼拜天晚上那忧伤的韵响之中。

爸爸打着哈欠走到厨房小屋的门前,里面妈妈和客人身上热腾腾的浓厚气息扑面而来。他从那里回到客厅,每走一圈他都看一眼艾莉的房间,艾莉正坐在屋里看书。最后爸爸走了进来。

"妈妈坐在那里唱圣诗呢。"爸爸说。

"嗯。"

"你在看什么书呢?"

"这是鲁内贝格的书。"

"你读过特格纳[①]吗?……特格纳是一位杰出的诗人大家。你没有读过他的《弗里蒂奥夫斯传奇》吗?"

"我还没有,但那本书我随身带到这里了。"

"我年轻的时候能背得下来特格纳的《弗里蒂奥夫斯传奇》,我现在还能记得那长诗里的许多段落:

夏天来了,鸟儿在歌唱,大地与森林披上了绿装,湖泊自由了,

溪水哗哗朝着大海流去,弗莱娅脸蛋红扑扑的如同红色的玫瑰园,

人们的胸中充满希望,力量使胸怀更加宽广。

"那个鲁内贝格,我当然听说过他书写得很好,但是我不认为他能够比得上特格纳。你把你现在正在看的给我读点什么听……你在看什么?"

[①] 特格纳(Esaias Tegnér, 1782—1846),瑞典著名诗人,1825年创作长诗《弗里蒂奥夫斯传奇》(*Frithiofs saga*),曾被译为多种文字。

"这是《汉娜》。"

"啊!《汉娜》,原来是这本……"

"妈妈不是特别喜欢我读这本书。"艾莉几乎是不假思索地说了出来,她感到她这样说就好像是做了什么不高尚的事。

"妈妈有点怪。"爸爸说道,他就像是在同一个成年人讲话一样,这让艾莉感觉很好。"你也许注意到了,她已经成了一个复兴派信徒了。谁会想到妈妈会变成这样!你上学刚一走,她马上就开始了苦思冥想,忧郁地坐在那里冥想。"

"那是出于什么原因呢?"

"我不明白这样的事怎么会发生……这些日子这样的事在许多人身上都发生了……这是那个住在尼尔西埃的叫帕沃·罗查莱宁的学说。他是一个有些粗暴、没有教养的男人……现在读书吧……或者到我房间里去,在那里读。"

他们一起去了爸爸房间,艾莉读了起来,但是唱诗的声音也传到了那里,干扰着他们。她看到这很让爸爸心烦,想把房门关上,但是又不敢,因为爸爸并没有要求她去这样做。

艾莉先读了几句:

老人独守时光,拖着沉重而疲惫的身子,侧着头在柔软的躺椅边上刚刚睡着。——在地上?在他的面前,燃烧了一半的烟斗还冒着烟。他睡着的时候很好看,忧愁全无,安详平静,美好的如同暮年,犹如白雪罩住了头发,嘴唇褪去了红润,脸颊变得干瘪,但是生命长久不息、平安、温暖、明亮,在布满皱纹的额头上,如同夜晚创造了曙光一般。

艾莉就这样读着，爸爸脸上露出赞许的神情，他显然被感动了，这真美啊……

"这就像是发生在这里一样，就好像是自己亲眼看到的一样。"

但是与此同时，妇人们在唱着圣诗，从厨房小屋清清楚楚地传来这些词：

思绪啊，你为何在世上哀伤，如同人们总要离开这里一般。
上帝保佑你啊，他知晓，他愿意借圣子在一切灾难中助你。
大千世界红尘滚滚，纸醉金迷、穷奢极欲不能让人升入极乐世界，只能是凡身俗体；
但是唯有基督才能赐予我们极乐天国，让我们所有人都感恩于他。

这一次，房门开着就开着了。但是下一次又发生同样情况时，房门自己就关上了。在这之后，如果房门恰巧是开着的，爸爸便总会要求去把门关上。

关于读那些书的事，妈妈未再对艾莉多说什么，但是艾莉感觉到她与妈妈之间却在一天天地疏远起来。这反而让她更接近爸爸了，但这似乎是以疏远妈妈为代价的，这也让她倍受困扰。

通常她不想为爸爸读书，特别是在妈妈唱圣诗的时候。但是对爸爸来说，他已经完全迷上了这样的读书，而最合适的时间又总是在礼拜天的晚上。

有一次艾莉将自己的想法告诉了爸爸。爸爸火爆的性格爆发了，眼中闪烁着不时可以从他那里看到的那种奇怪、阴暗甚至是恶毒的目光。

"那你走吧，"他说道，试图抑制住自己，但是仍然发作了，"那你就去那里与那些婆娘们一起哞哞叫吧！"

那一次爸爸十分疲倦，他的餐后小憩被打扰了，在仲夏节期间连着两个晚上的唱圣诗活动让他感到神经紧张。

尽管艾莉对此心知肚明，但是这件事还是造成了影响，她开始不由自主地躲避着爸爸。

第十四章

从那时起,艾莉就开始了一段充满烦恼的日子。那是一段比以前还要让人烦心的日子。

最不开心的时候当属夏日的礼拜日晚上。她实际上也不知道是什么让她烦恼,但她就是不开心。上教堂的人们都已经回到家中,村里的年轻人开始奔向他们玩耍的地方,女佣和长工们加入了他们的行列。阳光在整个傍晚时分都忧伤地透过树叶照进桦树林。她感到心中的烦恼令人压抑、使人疲倦,却打不定主意到底去哪里,因为她也没有什么可以去的地方。艾莉通常都是在晚餐后坐在门廊的台阶上,顺着道路望向教堂的方向。道路的两侧生长着白桦树,西斜的阳光在树丛之间投下阴影,又在其他地方造就亮点。花园里的杨树叶子偶尔会抖动一会儿,但是桦树的叶子却纹丝不动。爸爸在餐后小憩,妈妈坐在厨房小屋里读着祈祷书。

艾莉站起来去散步,她来到花园里。身上新的印花布裙子走起路来簌簌作响,艾莉竭力不让裙子发出簌簌声……为什么要这样,她也不知道……她从花园里摘了几个浆果悄悄地放到嘴里,又折了一朵小花别到胸前。然后她走下堤坡来到湖边,待在那里望着那些站在没膝的水中交替甩着尾巴的牛犊……

湖面平静如镜！在湖湾的另一侧，只有阵阵轻风拂动着芦苇丛，在水面微微吹起涟漪。如果能到那里去划船，将会是很惬意的。可以让船自己漂浮着，隔一会儿用桨助一下力！艾莉来到渔具小屋旁，几条小船在小屋边上的木制轨架上趴着，荡漾的湖水不时地拍打着小屋的木头接缝处。晾干的渔网挂在钉子上，一只鹌鹑从渔具小屋里的什么地方扑腾腾地飞出来到干燥的岸边沙土上……它在那里摇晃着身体，灵巧地沿着岸边飞开，飞到小牛犊那里停了下来……

艾莉小心翼翼地把小船从可转动的轨架上推下来，让它借着推力一直滑到指定的位置。小船滑到湖边黏菌的边缘，打横转过来停了下来。艾莉坐到船头的弧板处，怀里抱着木桨，朝水里望下去……

在小船靠湖岸一侧，隔着几肘[①]就能看到湖底，但是在船的背面看到的就已经是水下黑色的陡坡了。岸坡向水下深处一直不断延伸，当她探头向船下看去时，顿时感到头晕目眩，仿佛有什么东西从心底攫住她，要把她拉下湖水，再沿着湖底向下滑去，一直滑到越来越阴森的深处……另外，在离小船不远的地方，湖底可以隐隐约约地看到渔具小屋的木架子，那是从前被冰雪压碎并裹挟到陡坡下面的。艾莉把船移了过去。浸透了水的圆木在阳光照射下透过湖水熠熠发光，屋角在黑色湖水反衬下挂在深水区的上面……一条狗鱼在沿着圆木迟缓地游动，在靠近水面的地方不时地有一些小鱼躲闪着快速地游过，它们的影子横着掠过圆木，有时也在狗鱼的背上飞过……但是狗鱼却纹丝不动……

[①] 肘：芬兰旧时长度单位，约等于 0.594 米。

艾莉的眼睛沿着湖底搜索着，她看到了水草、卡子和石头，她观察着小屋的圆木，越仔细看就越沉向越来越深的水下，陷进湖底深沟。然后她将目光向上移回到圆木上，狗鱼依然一动不动地趴在上面，再移回到小鱼四处乱窜的水面上……然后目光再次沿着圆木移到陡坡的边缘和黑森森的深水区域。她的头又开始昏天黑地了，胸口阵阵发紧……但是现在已经不再感到有那么难受了……她的感觉好多了，浑身感到放松……就好像期望将心中所有的心结都解开。她希望还能看得更深一些，能看到陡坡下面的湖底，看看渔具小屋木架子沉得有多深。艾莉用桨将船划到水更深一点的地方，试着再仔细看看……但是除了黑沉沉的湖水以外她其他什么也没有看到……

突然间她被吓了一跳，下意识地想要用手蒙上眼睛。但那只是一小会儿！她怎么以前从来没有发现呢！她从水里可以看到整个深邃的天空，如同头顶上的那个天空一样的高！她的头感到一阵晕眩，就像那天站在城里的高山岗上一样……但是现在没有要炸开的感觉！艾莉用手抓紧木桨，呆呆地看着。那里有这么深吗？有这么高吗？小船仿佛像是在空中一样漂浮着……它怎么能停在那里不动呢？假如掉到那里会是怎么一个样子呢？如果跳下去，会淹死吗？那里就像是天空一样，另外一个天空！假若那里才是真正的天空呢？

哟！这是什么啊？有什么东西在船舷边上咔嚓了一下，又啪的一声溅进了水中。巨大的天空在颤动着，同时变得模糊不清。

有人在岸上发出笑声。艾莉被吓了一跳，她急忙转过身子去看，她看到爸爸正站在堤岸上，旁边还有两位先生。

他们都是很陌生的人，艾莉感到十分窘迫，以至于无法将船划到岸边。当艾莉试着从一侧划时，船总是转向另一侧。爸爸开始半喊半叫地指导着她应该从哪一侧划桨。

"不是那边……嗯，现在划另一侧……不对……要把船桨放到底再推……对！"

"也许我可以帮帮这位小姐。"其中一位先生说道。他从一条大一点的船上取了个木桨，用它来够艾莉的船头。

"不用，我能行……您甭管了！"他戴着一顶白色的带檐帽①，还在一个劲儿地拉着。艾莉想用桨往他身上泼水。

"你只管拉吧！"爸爸还在鼓励着他。

戴白帽子的仍在拉，他够到了船头，把手伸向艾莉。艾莉却自己跳上了岸，招呼也不打就径自向院子里走去。她除了想要以最快的速度逃到什么地方去，其他什么都顾不上了。

但是爸爸把她拦了下来，问她想不想同客人们打个招呼，并把她介绍给先生们认识。其中一位是大学生……是一个艾莉没有听到过的名字，另一位则是那个的助理，他们已经等了他整整一个星期。

大学生礼貌而轻松地打了个招呼，尽管艾莉的目光并没有从地面上移开，但她能感觉到他在微笑并看着她的眼睛。不过艾莉看到了大学生身上穿的是棕色的衣服。另一位身着黑色服装的大脚助理则给艾莉留下了印象，他的手以一种非常奇怪的方式向上翘着打招呼……他也戴着眼镜。

大学生什么都没有说。

---

① 白色带檐帽：芬兰大学生传统上戴的白色带檐帽，理工科大学生的白帽子上另带有一条黑穗。

"很高兴认识牧师家的小姐。"助理说道,艾莉先是隐隐约约地感到有点反感而浑身颤抖了一下,随后便把手抽开了。他的手还有点松软,热乎乎的像是工作手套。

艾莉窘迫地离开了,一言不发地上坡走向院子。打开院门时,她发现自己的手在颤抖,心跳的声音一直传到了耳朵里。她急速地喘着气,当爸爸喊她让她在他们散步去看耕地时把茶水准备好时,她担心如果就这样答复爸爸,嗓子会发不出声音。

"你过一会儿来叫我们一下……我们现在向教堂方向走过去了……"

艾莉在上坡走向院子时,一直在被心里的烦恼所困扰。爸爸突然袭击将客人带到湖边,而自己又笨手笨脚、手足无措,这一切都让她感到阵阵心烦。这种做法太像爸爸的风格了!随他们去吧,她想道,我可不在乎他们,我既不去吃晚饭,也不去叫他们……当我径直跑过那个大学生身旁时,他会怎么想?不过随他怎么想吧,反正对我来说都是完全一样!

"那些客人都是些什么人啊?"艾莉在厨房里还是向妈妈问道……她尽量显得毫不经意地问,几乎是一种轻蔑的口气。

"那是一位要来当助理的硕士。"

"那另外一位呢?"

"我不知道。"

妈妈在回答时中间停顿了很长时间,表情显得比平常更为严肃。每当来客人的时候她总是这样,同时又会一刻不停地忙,干着所有的活。

艾莉表示想要搭把手,但是妈妈头也没回地说她自己一个人行。

艾莉回到自己的房间,开始拾掇自己的衣服。当她在镜子面前梳妆打扮时,已经不记得自己曾打定主意不进屋到客人们身边。她很好奇地想要看看那位大学生长得什么样,因为她还没有看到他的脸。她一边哼着歌,一边梳着辫子,看到桌子上鲁内贝格的《汉娜》……她半开玩笑般地把书合上……

当她准备停当后,她便思忖着是自己去叫爸爸和客人好,还是派一个别的什么人去好。由于左思右想仍然拿不定主意,她只好自己出门朝着教堂小路方向走去。

见到他们已经从教堂那边迎面走了过来,艾莉走到一半便停了下来,身体倚着围栏沿着面前的黑麦地望去。黑麦田散发出一种令人心情愉悦的气味,由于正处在结籽期,麦田里每隔一段距离就总会有黑麦花点缀出蓝色。一阵微风袭来,黑麦随着轻风静静地摇曳着,发出阵阵簌簌声。

艾莉一边望着麦田,一边用手越过围栏折了几个麦穗。她用眼睛的余光看到离得越来越近的白帽子。他们几乎已经到了跟前,但是艾莉仍然装作还没有发现。

"哎,艾莉?"爸爸说道。

"噢,饭已经做好了……先生们请上坡到院子里去。"

艾莉用轻松的语气说完了这些,她感觉重拾了大部分的自信。

先生们继续向前走着。爸爸没有离开大学生。他向他解释着夏播和秋播。但是硕士马上转过身来面向艾莉,并开始同她交谈。

"小姐乐意做家务吗?"他用十分强调的语气问道。

"是的,我乐意。"艾莉说道,目光从别处转向硕士。

在他的身上有某种让人产生疑问的东西……感觉就像是他有点愚蠢似的。

"这是一个极其美丽的地方，"硕士马上接着说道，"您难道不认为这个地方很美吗？"

"当然，这个地方……"

"我并不能经常看到如此美丽的教堂所在地……当一座教堂处在一个美丽的地方，在湖畔和高大的云杉环绕中，人们倾听福音的心境就会提升，布道者自己也会感觉得到升华……难道不是这样吗，小姐？"

出于某种原因，硕士在艾莉看来是那么滑稽可笑，让她很难憋住不笑出来。

"难道不是这样吗，小姐？"

硕士将自己已经睁圆的眼睛睁得更圆了。这对艾莉来说有些太过分了。她感到无法再憋下去不笑出来了，便急忙抢在他们前面跑向院子。硕士有点摸不着头脑，留在原地等待着其他人过来。艾莉回到自己的房间后便痛痛快快地大笑起来，差一点把自己笑得晕死过去。

直到上了餐桌艾莉才真正有机会观察客人们的外貌。她主要是在观察那位大学生。她也看了看硕士，并把他们进行比较，但是硕士总是在用目光追随着她。艾莉觉得他身上没有什么太多可看的。圆圆的脸、红润鼓鼓的腮帮子、竖着的头发。

她可以不受干扰地观察大学生了。他一边吃饭一边与爸爸交谈，只是偶尔会朝着艾莉这边望过来。但是那时候他会向她投下长久而仔细的一瞥……他为什么会这样做呢？他的头发有点卷曲，有着晒成棕褐色的脸颊和白色细腻的前额。他的眼睛是蓝色的。他脖子上的围巾非常自然地打了一个结。

艾莉很乐于服侍他用餐。期间有一次他正在向爸爸兴致勃勃地解释着什么，虽然艾莉一直站在他旁边手里托着托盘，而他却忘记了取菜。

当他最终注意到艾莉时，他显得十分惊讶并请求原谅。那一刻他看着艾莉的眼睛，目光显得那么坦诚，脸上的微笑是那么温情，令艾莉突然之间感到十分开心。当艾莉后来再次上菜时，他说他这回没有忘记。他用手扶着托盘的边缘，自己托着托盘直到把菜盛到面前的餐盘中。艾莉本来不想让他这样做，于是他们之间还发生了一场小小的托盘争夺战。艾莉感觉他们通过这件事倒像是变得彼此更加熟悉了。

用完餐，先生们一起到爸爸的房间去了。艾莉收拾完餐桌，便来到客厅里坐了下来。为了手头有点事做，她取出了鲁内贝格的《汉娜》，放在膝盖上假装在读。

过了一会儿，那位大学生来到那里。艾莉已经想好了她应该怎样开始同他交谈，因为她认为她有义务先开口。

"您在这个地方过得还愉快吧？"她问道。

大学生友善地坐到艾莉旁边的椅子上。

"还愉快吧？非常愉快。这是我一路旅行中看到的最美丽的地方之一。我几乎都想在这里多住上一段时间。"

"那你为什么不能留在这里呢？"这话说得是不是很愚蠢？艾莉一直担心自己会说出些蠢话。而邀请他留在这里真的合适吗？

但是大学生仅仅是微微笑了一下。

"非常感谢，"他说道，"但是那么一来，我就来不及像我原先计划的那样环绕芬兰各地旅行了。"

"出门旅行一定很惬意吧？"

"当然很惬意。"大学生又一次微微笑了一下。艾莉感到有些不知所措……她曾猜想这些问题会很得体，而现在却觉得又显得过于普通，感觉仿佛是硬挤出来的问题似的。与此同时，她脑子里也突然意识到，谁又知道那位大学生已经是第多少次回答这样的问题了。

由此产生了持续一段时间的沉默。

"您在读什么书呢？原来是《汉娜》！您喜欢这本诗集吗？"

"我非常喜欢这本书。"

"我认为鲁内贝格是北欧各国中最富有才华的诗人。"

"爸爸更仰慕特格纳。"

"所有年纪大的人都是这样。他们不明白鲁内贝格诗赋中洋溢着的那种新鲜感和大自然的清新……他们也不懂得他的简单比拟，他的爱国题材……用一句话来说……"

"请允许我问一下，尊贵的各位如此兴致勃勃地在讨论什么呢？"这时硕士来到了客厅，他一边问一边和大家坐到了一起。

他的同伴没有去看他，艾莉也没有对他说什么。

"总而言之……嗯，还有一点表明了他不被理解。这里有汉娜，鲁内贝格让她在唯一的一个晚上坠入爱情。有人说这不自然，但是我认为这正是鲁内贝格最精彩的部分之一。"

"也许您不会……"

"是的，我不会。"

"也许您不会，也许很多别的人也不会……但是在这里，诗人却一语中的，他让爱情的火花在四目首次相对时就燃烧起来……慢一点还是快一点……一天还是一个月,这不重要,只要爱情之火是在看到第一眼时就被点燃并开始慢慢燃烧……这样它就被点燃了,这正是鲁内贝格所理解的爱情,并由他的缪斯女神赋予了外形。"

"你认为鲁内贝格自己是这样订的婚吗?"硕士问道。

"怎样订的婚?"

"嗯,就是在同一天晚上……"

"这我怎么知道?这在这里根本不是重点。而且这还不是鲁内贝格作品中唯一的精彩之处。这样的亮点在每一行诗里都有闪现。"

大学生的谈兴很高,高谈阔论着鲁内贝格和他的诗歌。他时而站起身来,时而又坐了下去,一直在与艾莉交谈着。硕士则一言不发地坐了一会儿,问了几个艾莉认为很不合时宜的问题,然后就走开了。大学生在艾莉看来要比他优秀得多得多。

对艾莉而言,大学生对她所说的一切都是那么新颖。有许多地方艾莉还弄不清楚,但是她想,她之所以没听懂的原因在于她自身。她更多的是在看着他而不是听他讲。他很帅气。艾莉以前从来没见到过如此帅气的男子。她任由他说下去,即使有不明白的地方也不去问,以免打扰到他。不过这时她脑子里却冒出了个想法,他究竟是为什么突然要这样对她说话呢。

当大学生向她告别并到楼上房间去休息时,艾莉听到硕士在对爸爸说:"我的朋友非常愿意宣讲……您的女儿是一位虔诚的听众。"

艾莉认为他这样说有些不怀好意,是恶劣、下作的中伤。

"他要去哪里旅行?"爸爸问。

"他的旅行不会比他的学业更有目的性。"

"他还没有完成任何学位吗?"

"什么也没有……"

"哟嗬!他有什么打算呢?"

"我不知道……他也许有些什么爱好吧。至少他热衷于大谈他有关诗词的知识,特别是对女孩子们。我想这些就是他唯一擅长的吧。"

艾莉讥讽地独自笑了起来。她完全可以肯定,那个大学生要比全世界所有的助理牧师们和爸爸们要聪明多少倍。天哪,她是多么看不起那个硕士啊!竟然在背后如此议论自己的同伴。

那位大学生在她看来是一个受到排挤的人,在她想象中所有的人都在谴责他,他没有什么朋友。也许正因为如此,他才如此兴致勃勃地来找艾莉说话。艾莉是不会抛弃他的……她会永远做他的朋友。

艾莉这样想着,当其他人都去睡觉时,她便悄悄地溜出门去,朝着桦树小道走去。

在她的周围,夏日的夜晚仿佛是在休眠般地沉睡着。黑麦在田里一动不动地歇息着,麦穗耷拉着。邻家地里的驱蚊篝火忽隐忽现地冒了几股白烟,随后又熄灭了。在教堂附近,有一个孤零零的旅行者迎面走来,向她问候。

艾莉一开始对她听到的那些议论很是气恼。但是现在这种气恼逐渐消退了,被淡忘了,取而代之的是忧郁的心情。她脑子里什么都不去想,看着眼前这熟悉的一切。这一切她从前曾看过多少次……教堂、教堂村里的房屋、耕地和公路。现在这一切却被赋予了一些与从前不同的意义,但是她不明白是什么导致了这些变化。

当艾莉再次走进家门时,从楼上房间里还能传来脚步声和低低的哼唱声。窗户开着,艾莉似乎是颤抖了一下。大门咯吱响了一声,这时哼唱声和脚步声也停了下来。艾莉不敢往上望向窗户,但是她能感觉到那里有人在看过来。

她脱衣服的时候,心里头还在怦怦地跳。她试图让自己安静下来,并向自己保证说她根本不知道这是什么缘故。

上床休息时,她想起了《汉娜》。她说过第一个晚上是不可能相爱的……她仍然不相信一见钟情。但是,她还是一直想着这件事,直到坠入梦乡。

第十五章

第二天早晨,她醒来之后首先想到的就是楼上的那些客人。

"他们是不是已经起床了?"她向女佣问道。

"他们还没有完全起来。"

"你把咖啡送过去了吗?"

"我送了一杯……这是第二杯。"

艾莉在餐厅里拿点东西。女佣过了一会儿从楼上下来,带回一杯没有动过的咖啡。

"谁没有喝?"

"那位戴白帽子的没有拿……而硕士配着面包把两杯都喝了。"

艾莉仅仅是从大学生不把两杯都喝了这一点就觉得他很棒。而硕士正相反——居然配着面包喝两杯!

"哎哟,小姐姐!"有个小姑娘来到门口说道。

"咦,怎么了?"

"对了,对了……现在有新郎官了。"

"你给我……!"

"不是吗……年轻的硕士已经到了,就要给小姐姐当新郎官了……新郎官……"

"你是说硕士吗?你可别太确定了。"

"诶,我就是确定。"

哦嗬!艾莉自己在想。他们所有人都这样认为,但是他们会大错特错。

于是她唱着歌去拾掇房间了。

可是上午的时间显得那么漫长。她没有什么事可做……天气很好,先生们还在楼上待着。

为了找点事做,艾莉出门去花园里取些花。她从楼上房间的窗户下经过,恰好在窗户下的位置同几个碰巧从湖边上来的用人说了几句话。她碰巧也向上望了一眼窗户,但是当发现那里有动静时她马上把目光转向别处。她走到花园里,现在的心情已经好多了。她只是对绅士们总是睡那么长时间觉感到有点心烦……绅士们一般都是如此,特别是这几位。

艾莉在门廊里把采集的花草铺在桌子上,整理着一个夹花草的小本,这时候她听到楼上开始有人走下来了。那些脚步声是大学生的……接着她听到硕士也下来了……现在他们正在沿着台阶走下来。但是只有大学生一个人来到门廊。他的脸上刚刚褪去睡意,他在睡了个好觉后显得那么可爱,令人感到愉悦。

"早上好!您睡得好吗?"

"谢谢,很好!现在的阳光真的很灿烂啊。"大学生来到门廊门口,从那里观察着外面的天气。阳光刺射着他的双眼,他不得不用一只手遮挡着。这里也颇有一些让人心情愉悦之处。

"昨天晚上真的是让人感到非常温馨。"艾莉说道。

"是的,当我们其他人已经上床睡觉时,我看到您还在外面散步。"

大学生走过来几乎是坐到了艾莉的身边，接着又开玩笑似的补充道："您也许是在憧憬……所有的年轻女孩都会在晚上别人睡着以后开始憧憬……"

"这不是真的……"

"这是真的……您承认吧，您也是在想一件什么事，您希望在没有任何干扰的情况下好好思考这件事情。"

"您确实是弄错了……确实弄错了……"

"我没有弄错……我绝没有弄错……憧憬是您这样年龄的人生活中必不可少的。"

"嘿，您可真坏！"

"这就是说，我实际上很好。"

"您不好，相反您很自恋，因为您认为自己很棒……"

他们的交谈变得如此轻松，在呼唤他们去吃早饭之前，艾莉感觉他们已经成为老朋友了。

这样愉悦的心情一直延续到早饭之后。当人们把一个孩子送过来由硕士主持洗礼仪式时，他们的好心情达到了顶峰。艾莉与大学生从门缝里观看着仪式，然后总是回到另一个房间里笑个不停。大学生就像硕士那样抬起眼睛望着天花板，双手合十，嘴巴里也如法炮制，这让艾莉乐得死去活来。他们一起在那里恶搞，这使他们走得如此之近，以至于艾莉觉得再以您来称呼大学生就太见外了。

硕士完成了洗礼仪式也来到了门廊。他还带着一点刚才仪式上的庄重表情。

"做完了刚才那活你还是一脸尊贵的表情。"大学生说道。

"你为什么这么说？"

"是啊，是啊，只是在我看来，你在你的身体里仍然感觉是刚刚为一个孩子做了洗礼。"

"小姐,您在为谁准备这个鲜花册呢?"硕士向艾莉问道,假装没有听见同伴说的什么。

"谁都不为。"

"是这样吗?"大学生说着,挤了挤眼睛,"您不记得了,您答应要把它送给我?"

"哦,的确是这样的……对不起……您拿去吧,给!"

"可否允许我请求您,给我也做一个那样的?"

"这样的鲜花册我大概不会再做了。"

"再说,牧师随身带着个鲜花册也不大合适啊。"

"小姐可以自行判断……您认为合适吗?"

"我不知道……假如您认为合适,您自己来做,这里有花。"

"不过我们要不要去看看花园和湖岸呢?"

大学生和艾莉走了。硕士留在门廊里兀自站着。

"您以女性的直觉周旋得游刃有余。"大学生在花园大门口说。

"嗯,只是我们对他不能太过刁难。"

"这完全没有关系……像他那样的神学家甚至不会明白有人在捉弄他们。"

"但他可是您的同伴啊。"

"他实际上并不是我的同伴……在赫尔辛基时我们确实经常在一起,我上一次见到他时是在驿站……他请我到这里来,我就来了。但是我们从来都不是什么志同道合的伙伴。"

"否则您就不会来了?"

"我不知道……也许当然我仍然会来。"

"您来了，这很好……咱们现在去划船吧！"

艾莉眼睛里闪着光，在大学生前面又蹦又跳地退着走。接着她跑去从围栏边的草地上取来了划桨。

"您快过来把住舵！"

"是您来划船，我来掌舵？！"

"是的，我来划船，您来掌舵！"

尽管他们现在谈论的都是些非常普通的事情，但是其中还是带有某种神秘和奇特的含意，犹如虽然没有明说但已是暗有所指一般。他们开始划船了。

"硕士在那边花园里散步并在朝这边看呢。"

"我们没有带他一起来，他会怎么想呢？"

这里面有点什么神秘的东西。特别是："我们没有带他一起来。"

他们划了一小圈，回到了岸边。

"您还记得您昨天用舵桨把我向岸边够时……我当时很想用桨向您身上泼水。"

"您为什么没有泼呢？"

"我现在可以泼了。"

"您为什么现在泼呢？"

"因为您不再是那么一脸正式了……"

"我不再那么正式了吗？"

"您不再……您一点也不了。"

第十六章

下午,爸爸非要向客人们展现一下教堂,于是他们就去看教堂了。

看完教堂后,艾莉提了一句,钟楼上的视野很开阔。

"我一定要去那里看看!"大学生叫道,"没有什么比开阔的视野更让我钟情了……你们同我一起去吧!"

艾莉对她是否喜欢观看景色没有表态,但是内心里对此感到十分兴奋,心神不安地浑身颤抖起来。

大学生已经赶在她之前到了那里并打开了一扇小窗口。他站在那里,用手扶着窗口,以免窗扇被风吹得啪的一声关上。艾莉不得不在他的胳膊窝下面弓着身子站在那里,身体几乎要与大学生贴在一起了。

通过黑暗的楼梯上来之后,艾莉感觉光线现在一下子亮了许多。她眼睛一时睁不开,差一点倒在了大学生的怀里。她有着一种奇怪的、浑身慵懒无力的感觉,那是一种她并不想排斥的感觉。

风吹得令人神清气爽,大学生在兴致勃勃地说着:"我真是无限喜爱这种壮观、开阔的视野!"

艾莉倾听着他所说的一切,眼睛看着远方层峦叠嶂的山岭和由近及远在风中泛起阵阵涟漪的水面……以及钟楼下教堂周边的绿地和高大的云杉。不过她更多的是一直感觉到大学生的一只手仍然在她的身后，她看着他的另一只手上下指点着，戴在食指上的金色戒指闪烁着耀眼的光芒……而他自己还在说个不停……

"那些壮观、宏大的视野会拓展胸怀，催人奋进……人们的思绪渴望着远方，那更大的格局……勇敢的竞赛……远离每天小日子的日常琐事……这样的感觉会因愿而生，去追求超越地平线上的崇山峻岭，飞向远方……难道不是吗？您难道不也是这样认为吗？"

是的，她的确也有类似这样的感受。只是她不能回答这个问题……她担心自己的声音会颤抖。不过她感到大学生将她内心最深处的感受抒发了出来。尽管她有着同样的感受，尽管她在思考并也懂得这些，但是她的感受还伴随着并融入了另外一种情感，即她仿佛是被站在身后的他紧紧地拥在了怀里。当大学生转过头去将手向前指向蓝色的远方时，她的目光追随着他，同时也看到了他那顶白帽子，帽子上那飘逸的黑丝绒和在耳根卷曲着并随着清风抖动着的黑头发。

"不是吗……您难道不是也有着同样的感受吗？"

"是的……我当然有。"

"就是说您懂得，人们的思绪是怎样在翱翔中期盼着跨越崇山峻岭……愈行愈远……朝着逐渐收窄的远方？"

"是啊，或者像鸟那样直上云霄，穿越云端，再飞回来……"

"这种感觉是一样的……也就是说您也懂得这些……难得有女士会懂得这些。"

艾莉鼓起勇气看着他，用眼睛寻找着，想与他的目光汇合。但是他的眼睛仍然在如饥似渴地觅览苍穹，头也没有回。艾莉任由他在前面观赏风景，自己则在后面悄悄地观察着他。

在她观察时，大学生在她的眼中变得高大起来，越来越高大，也越来越高尚，几乎变成了圣人一般，仿佛是那清新的北风已经将他升华、打造和美化了一番似的。

他们两人都沉浸在对窗外景色的欣赏之中。他们沉默了很长一段时间，只有风一个劲儿地在钟楼里呜呜地吹。

"您是否注意到了，"艾莉接下来说道，"当一个人在观赏开阔的景观时，突然间会什么也不想说，就好像是倍感疲倦而陷入无言的沉默之中一样？他会不忍离去……只想能在那里看。"

大学生似乎并没有在听艾莉说什么。但是艾莉能感觉得到，他可以就同样的感觉说很多并很清晰……而且用词随手拈来，准确地描述出他的感觉。

大学生深深地吸了一口气，伸展了一下，将手向外指向天空。

"这确实太棒了……无比的棒！"

"什么？"

"做一个自由自在的大学生，自由自在得就像天上的鸟……什么时候想来就来，想走就走，什么也拴不住。可以飞向外面广阔的世界……飞向外面广阔的世界！不是吗？这有多棒啊，您不明白吗？"

艾莉没有回答他。但是她感到好像是刚刚从一个美梦中醒来。她的欢乐与兴致同时也消失了。钟楼一下子塌为平地。周围的一切都变小了，被压扁了。她自己则好像是脚上被套上了镣铐。

"我们还不走吗？"她无力地说道。

"嗯，我们走吧……我们这些都已经看过了……"大学生一边哼着歌一边开始把小窗口关上。

"您什么时候就要走吗？"艾莉在离开的时候问道。她无法再憋着不问这个问题了。

"我不知道，大概就明天吧……一定要利用好这个夏天……夏天很短暂，非常短暂……必须要好好享受夏天。"

艾莉对此没说一句话，但是大学生仍然在继续着同一个话题。

"您不能理解，出去旅行看看眼前日新月异的世界是多么令人着迷啊……您从来没有旅行过吗？"

"我除了从这里去过城里以外，就没有去过别的什么地方了。"

"同我相比你这不算什么……在这个世界上，我除了不停地向前奔进以外别无所求……我认为没有什么比一辈子不得不待在一个地方更不幸的了。"

"那只是身不由己啊……"

"但是每一个人在一生中都应当至少尝试几次学会摆脱。否则所有的想象、所有的情愫都会干涸、萎缩乃至消亡。"

由于艾莉默不作声，大学生也沉默了起来。就这样，他们一言不发地回到了院子里。

绅士们正坐在门廊上喝着调制烈酒①。

艾莉取来了自己的针线活，也坐到了门廊上离他们稍远些的地方。她能听到爸爸与其他绅士的谈话，但是她自己没有加入。大学生没有谈自己即将离开的事，而是在介

---

① 一种用白兰地、朗姆酒等加上糖和热水调制而成的酒。

绍以前旅行的情况。他不时地笑着，兴高采烈。艾莉觉得没有什么好笑的。她忽然变得对什么都不在乎了，几乎是有点无精打采。所有的一切现在似乎都换了个颜色，或者更准确地说是从前的灰暗色调又重新回到了每一件物品上。在这些日子有一种奇特的光芒洒在它们身上。她无法再继续听绅士们交谈了。她把针线活留在座位上，慢慢地迈着沉重的步子回到自己的房间，手按着太阳穴，久久地向外望向花园和湖边。她一动不动地坐在那里，也不知道到底坐了多久。

第十七章

第二天早晨,当艾莉起来时,她在前厅遇见了大学生。他脚上穿着长筒靴子,正在整理自己的旅行箱。他熟人般欢快地向艾莉打了个招呼,就像昨天早晨一样。

这时爸爸也过来了。

"喏,您在这里忙活什么呢?好像要上路的样子?"

"是啊,是该走的时候了。"

"你这么着急是要去哪里啊?"

"去拥抱巨大而广阔的世界……没有什么特定的目标……大路引向哪里我就去哪里。"

"哦,可是别不吃早饭就走啊。"

"多谢了!"

艾莉在餐桌上什么也吃不下。

大学生同所有人都轻松愉快地交谈着。在整个早餐期间,他主要都是在说,一个人能够自由自在、随心所欲地到处旅行是一件多么惬意的事情啊!

艾莉吃了一半就不得不起身到自己的房间去了。

她在那里待了很长时间,直到她听到爸爸在问她在哪里。

"卡尔姆先生要走了……快过来说个再见……"

艾莉脸上带着刚刚哭过的样子,她看到其他人都注意到了她的泪痕。她不知大学生是否也看到了,因为她不敢直视他的眼睛。

要上路的人在向大家告别,艾莉觉得他使劲儿地握了一下她的手。但是这也许只是她的想象而已。

接下来大家都送了出去。艾莉纠结了许久要不要也出去,但是最后还是不得不走到门廊去。大学生已经坐在马车上了。

"今年夏天的旅行是不是可以再从这里经过一下啊?"爸爸问道。

"也许可以……我不能确定……但是这很有可能。"

"如果可以的话,那就欢迎再光临寒舍!"

"谨表谢意!"

他抬了抬帽子,马开始向前挪动。当他从门廊的窗户里发现艾莉时,他几乎已经把帽子戴回到头上了。他再次抬起帽子向她致意。马猛地一下子奔跑了起来。大学生向后稍微摇晃了一下,一把抓住了缰绳。在一片尘土飞扬中,除了白帽子和在轮子中间忽隐忽现的马蹄之外,很快就什么都分不清楚了。紧接着在道路转弯处,就连这些也消失不见了。

于是在艾莉的眼中,窗户、绿色的院落、过道上的桦树和红色的院门都化作了一片昏暗的木板。

第十八章

在大学生卡尔姆逗留在牧师家中的那些日子里，犹如一阵清新而充满青春气息的劲风吹透了那栋陈旧的房子。的确如此，就好像那块地方的天空也比平常隆起得更高，空气更加清新，世界的边际也拓宽了。

可是当大学生乘车驶离了院落，当公路上最后一粒尘埃落回原地时，所有的一切又恢复了原样，并蜷缩成比以前还要低矮的一团，封闭在比往常更加狭窄的圈子里。

那天晚上，艾莉逃到离院落不远处湖边半岛上的桦树林里。

北风在深蓝色的湖面上静静地吹，在草丛和树叶中留下冰清玉洁般的叹息。太阳从渐渐垂下的天幕上舒缓地照耀在似乎被洗刷得越来越苍白的白桦树白色的躯干上。一切都显得那么激情不再、冷淡漠然，特别是那慢吞吞地冲刷着岸边石头的浪涌发出的空洞而冰冷的哗啦声。

艾莉坐在岸边附近一棵倒下来的大树树干上。她有很长一段时间都无法去想任何事情，也难以让自己去关注任何事情。她哭肿了双眼，脸颊也哭得发烫。在这里，她可以让风全力放飞她的心情。她在不知不觉中和有意无意间看着蓝色的水面和深绿色的小岛。

于是北风不辱使命，使她的心情渐渐释然，与周边环境融为一体。随着清凉的风吹拂着她的双眼和脸颊,她开始清醒,思考能力和注意力慢慢地恢复。她的目光开始追随着一条从小岛后面出现并驶向另一座小岛的小船。它消失在那座小岛后面,看不到其他的小船了。艾莉坐在那棵桦树下面,许多蚂蚁在沿着桦树白色的表层爬上爬下。她用眼睛盯着几只移动着的蚂蚁,它们在运送着比自己身体大许多倍的东西。她眼睛观察着这一切,心里在思考着蚂蚁的命运。她感觉很奇怪:世界上既有人类,也有这些干着自己的活、忙着与别人毫不相干事情的生物。它们都在为什么而四处奔走呢?它们又为什么而忙个不停呢?它们的目的是什么?它们为了什么而存在?

而她自己又是为了什么而存在呢?——这个问题也随之而来。但是这个问题来得并不急切,也不需要答案。这个问题既不带有嘲弄的意思,也没有讥讽的含意。它这次只是作为一个淡淡的猜想而来,作为一声伤感哀怨的叹息而出现。

但是突然之间,速度快得几乎让人吓了一跳,他那刚刚离开的整个人又冲到了面前。他的音容笑貌、说话的方式,他最细微的特征,他的帽子、头发和眼睛全都涌现到了眼前……他现在会在哪里呢?他也许会行驶在远方哪条大道的拐弯处,正在兴高采烈地唱着歌,无忧无虑地倚坐在车上……

他正在朝着广袤的大世界行进……向着大世界前行,把一个小世界留在了身后。

不知不觉间,她的泪水开始流下来。但是泪水只流到脸颊的一半便停了下来……

"这不行……我必须也做点什么……一个人走了,另一个人留了下来……其实也不过就是如此！"

艾莉把手里攥着的树枝掰成两半，扔到了地上，利索地站了起来。

她的起身就像是做出了半个决定，好像是在这样做了之后，她就必须要满足于生活，既然现在的生活就是这样……自己留在这里，并无怨无悔地让那些要走的人离去吧。

但是当她走到院子里时，似乎在心里又有些后悔，感觉自己好像是在最后一根抓住的手指松懈之前就纵身向下滑了下去。

她来到院子里。马夫已经回来了，正在卸马。爸爸在向他问话。

"你送了好几程吗？"

"我送了他两程。"

"他有在琢磨什么吗？"

"没在琢磨什么……他一路上都在唱歌。"

"是这样啊……他有到陡坡上走吗？"

"有时候走走，有时候斜歪着背晃荡来晃荡去。"

"是吗……他给你赏钱了吗？"

"给了一个马克。"

"哟嗬！"

他一路唱着歌！艾莉在想。

这时妈妈过来了。

"没有什么事要我干吗？"艾莉问道。

"花园里需要打扫一下酸栗果的枝叶，但是可能会很扎手……"

"没关系的！"

第十九章

艾莉来到花园,猫着腰扎到酸栗果丛旁,对枝叶进行清理。她把干枯的枝条折断,任由刺棘撕刮着手掌。她有意不做任何防护,几乎是享受着手被刺扎的感觉。她几乎是有点甜蜜般地想象着,她就这样扑向大地,不看天空,也不关心天有多高,感觉变成了一只蚂蚁。这样那高高的苍穹和广袤的世界,以及那些满世界疾驰的人们又怎能再打动她呢?让他们疾驰去吧!她命中注定要待在现在的地方,她必须要待在这里……

"人是田鼠,而女人是干活的牲口。"这是她不知什么时候读过的哪本书里说的。这当然是对的,因为书里都这样说了。

于是她刨呀挖呀,想扑向地面!这正是她的宿命!

这一切都已包含着讥讽的意味,并在不断地强化和集聚,压缩到心底。艾莉更加用力地拉拽和撕扯着浆果枝。

大门发出吱的一声,硕士悄悄进来了,他走到艾莉正在拔浆果枝的地方。他假装在查看花台和鲜花。他折了一个豌豆荚,传来他在嚼豆荚的声音。艾莉听到他走得越来越近。他看起来是好像要过来聊天。但是艾莉这一次没有什么想说的。他们彼此之间会有什么可说的呢?什么也没有,至少她没有。

艾莉尽可能地把头转向另一边，假装没有注意到硕士的咳嗽声。

"小姐已经开始在干地里的活了……我难道不能在哪些方面帮把手吗？"

"您吗？您能干什么？"

"也许能有什么……我很爱做花园里的活……您现在指导我做点什么。"

"我什么都不知道……您问问我妈妈。"

"您这样不小心地生拉硬扯，难道不会弄疼手吗？"

"怎么会弄疼……"

"您喜欢酸栗果吗？"

"不喜欢。"

"我也觉得醋栗子更好。"

艾莉觉得自己没有必要一定要回答这个问题。在整个对话期间她一直没有把头转过来，仍然竭力保持着背对着硕士。

"我可不可以去取把阳伞来……太阳把您烤得好厉害呀。"

"太阳马上就要落山了，并没有烤着我。"

"要落山了吗？太阳还不会马上落山的……您看，太阳还很高呢！"

有好几次都是长久的沉默。这次沉默的时间比以往更久，艾莉希望硕士早点离开。

"您总是用这些花来做鲜花册吗？"

"我不用什么，也不做什么。"

"可是您确实做过啊……"

艾莉发现他的问题没完没了，起身要离开。硕士漫无目标地转了一会儿也走了。

*　*　*

从那之后,类似的套近乎几乎每天都有。硕士利用他礼貌的举止,借助提问和提议不时地闯入艾莉的时空。他的提议主要是同他看到艾莉在读的书有关。

"请允许我问一下,小姐在读什么书呢?"

艾莉没有立即回答,硕士弯下腰来看书的背面。

"沃尔特……司各特[①]……《魔……符》。"他拼读着。"沃尔特·司各特是一个不错的作家,特别是对年轻人来讲……我看过他的好几部小说……这本还没有看过……这本书好吗?"

"我不知道。"

"但是到底是什么原因,所有小说和故事中都在谈论爱情……并都以结婚告终……可以断定,当两个年轻人出现时,一个姑娘和一个小伙子,他们会马上相爱并最终成为眷属。在现实生活中会是这样子的吗?"

硕士从侧面看着艾莉,用一只眼睛在笑。艾莉又一次起身,换到另一个房间。当硕士过了一会儿又跟过来时,艾莉便不得不出门到外面什么地方去看书。但是由于硕士注意不到任何不敬的意思,艾莉最后也就不再操心往外走了。她坐在原先的地方看书,随他去自说自话。她想回答时便回一句,但大部分时间里她都是沉默不语。

---

① 沃尔特·司各特(Walter Scott,1771—1832),英国著名小说家和诗人,著有小说《魔符》等。

第二十章

秋天及至，天阴多雨，人们无法在户外活动。天空几乎低垂到大地上，令人感到身心疲惫，也使她任何想要见人的欲望都消失殆尽，并且她也不想让任何人看出来。

爸爸和妈妈此时对硕士仍极为友善，特别是爸爸。差不多每次他与艾莉坐在一起而硕士又到什么地方去的时候，他就会在艾莉面前对他夸个不停。

"他以非常优异的成绩通过了牧师学位考试，"爸爸说，"他还有能力读完哲学硕士……他在儿童时的理想是成为一名医生，但是他却选择了名气较小的牧师生涯，因为这是他妈妈的愿望。他是靠自己的财力接受的教育，现在他将工资的一半寄给他年迈的母亲。"

"这是谁说的？"艾莉问道。

"谁说的？他自己啊……你这样问，好像他自己说的话就会有什么让人起疑的东西似的。这没什么可怀疑的！他是一个好男人，我可以放心地把所有事务都交给他来办理。"

"是的，他确实是你爸爸的得力助手。"妈妈说道。

艾莉不想争辩。但是她无法让自己对这个话题感兴趣，那个助理尽管可以读完硕士，却要成为牧师。她什么都没有回答，只是缝着手里的活。当她从线团上取出线头时，她会向窗外哪一个空旷的地方望上一眼，脑子里仍在想着别的事情。

但是当有一次爸爸提到这个助理在大学期间曾经常挨饿时,艾莉也抬了一下头。晚上吃饭的时候,她突然发现自己在观察这位助理。也许在他那普通的外表之下,在他身上还是有一些什么独特之处和优秀的地方?可是如果是这样,那他为什么又从来没有向外表露出来过呢?为什么他从来没有说过什么特别出彩的话呢……为什么他总是说些所有其他人都在说的话!

她有一次向妈妈提到了自己的想法,妈妈也认同这一点,但是她又说道,尽管他不说出来,但是也许他也有许多高见。

艾莉暂且接受这一说法,学着逐渐要对他有耐心,找时间也主动同他简短聊天。

但是她在那些日子感到非常忧伤。她经常一坐就是一晚上,向外望向花园,那里金黄色的叶子在颤动着;望向湖湾,那里难看而又杂乱无章的波澜在上下翻腾着……

他想必是不会再来了!夏天已经都快过完了,而他的旅途也不再适宜朝着这里的方向了。

有一次当艾莉几乎是脸贴着窗户框坐在那里又在遐想时,从客厅里传来了爸爸的脚步声。他把门打开了一条缝,他后面站着助理,扎着一条白色的围巾。

"她在这里……艾莉,硕士想同你聊聊一件事情……请进吧。"

爸爸走开了,把门半掩上,脸上带着关爱的微笑。

艾莉站起身来,不知道要做点什么好。她马上猜想到会有什么特别的事要发生,她想一走了之,但是同时又放弃了这个想法,因为这是不可能的。于是她留了下来,整理起桌子上的书籍。

助理干咳了好几声。

"承蒙您的父亲同意,"他最终开口说道,"我请求能同您谈谈某一件事情,您也许已经猜到了是什么事……难道不是吗?"

"我不知道您是什么意思。"

"您的父亲完全不反对……您的母亲也是……我认真考虑了,并确信是您……而不是任何其他人……承蒙上帝赐予我……假如您自己……"

艾莉已经走到窗户面前,背朝着硕士站着。她现在移动了一下身体要离开。

"您别走,在您回答我您能否成为我生命旅途上的伴侣之前别走。"

"您不要问了……我不要……您让我一个人待着!"

"您也许还没有学会爱我……但是也许我仍然可以抱有这样的希望,即什么时候……当我们学会了相互了解……"

艾莉站在那里惊恐不已,差一点要尖声叫起来,但是同时嗓子又好像是被人用手掐住了一样。

在她说话的时候,她感觉到助理正在从身后向她靠近,她觉得那人好像要对她做出什么说不出来的坏事。

"请允许我仍然能期待着至少一年以后……或者两年也行……"

那声音就在耳旁,同时一只温暖而汗淋淋的手抓住了艾莉的右侧衣袖,她在用这只手紧紧地抓着椅背。

她猛地把他的手推开,冲到客厅里,又跑到厨房里。在这里,疲惫不堪的她一下子坐到了椅子上,整个身体在发抖。但是当她听到爸爸和助理的声音从爸爸的房间传来,并好像听到他们正在从那边走过来时,她急忙从另外一条路逃回到自己的房间。

她先是没有搞明白究竟发生了什么事。但是当她想起这到底是怎么回事以及她又是怎样做的时候,她开始对自己的表现感到气恼。为什么她是那么疯狂又那么愚蠢,为什么她没有平静而冷淡地说,这不可能……这不会有什么结果,把他直接拒绝掉……

但是现在她应该过去说……马上!她起身走了出去。

这时妈妈来到她的房间。艾莉看出来她是来谈这件事的。

"硕士跟你说了什么事?"

"是的。"

"你是怎么回答的?"

"我什么都没有说……我有点疯狂、可笑,我昏了头……我现在马上就过去对他说!"

"听着,艾莉,你为什么这么激动?你打算对他说什么?"

"说什么!我当然说我永远不会爱上他……永远不会……我现在就去说!"

"稍等会儿……先别走……你先冷静一下,坐到这把椅子上。"

艾莉勉强坐了下来,手里在不停地拧着手绢。

"可是你为什么不能爱上他?"妈妈过了一会儿问道。

"就是因为我不能!"

"可是也许随着时间的流逝你能……这不用那么着急。如果你向上帝祷告,请上帝教你如何去喜欢他。他毕竟是一个正经的好男人。除了这个你还想要什么呢?你总归是要嫁人的,并在这世上获得安宁。"

"如果我要结婚,我就要同一个我很爱的人结婚。"

"可怜的女儿,你不知道在这世界上很少有女儿家能够得到她很爱的人……通常是她不得不满足于一个她能忍受的人。"

艾莉停止揉捻自己的手绢,她的手一动不动地拉着裙边。她的经验没有妈妈多,但是她依然觉得妈妈说的应该是对的……也就是说,女儿家难得能得到她真正所爱的人。

"也许你还不能决定到底何去何从……也许你还要再想一想……"

"但是如果不爱一个人,又怎么能在婚姻中一起生活呢?"

妈妈凄悲地笑了笑……

"上天会赐予你做到的……看来是可以的。"

妈妈走了,留下艾莉在那里,她的脑子里一片混乱。

过了片刻,爸爸打开客厅的门走了进来。他微笑着拍了拍艾莉的头顶说:"可不要一副如此凄惨的样子哦……这一切来得也许太出乎意料,但是也不要觉得怎样,这都会过去的……硕士说了,你没有给他任何肯定的答复,这件事也不用着急。你还很年轻,他会愿意也会同意等的……他真的是很爱你的,我的乖孩子。"

爸爸在地板上满意地走了两趟,然后回到客厅,又去了自己的房间。艾莉现在感到她其实应该把想法说出来,求爸爸去跟硕士说说。但是她在爸爸到达客厅之前无法从嘴里吐出一个字。于是,那天她就没有把自己的想法说出来。

后来的那些日子里,她也没有勇气这么做。于是这件事就这样被耽搁了下去,而随着时间的流逝,她想要说的话也越来越难以启齿。

第二十一章

就像以前一样,艾莉总是不得不与硕士在一起。而当硕士后来不再试图一开始就找她说话后,而且如果碰巧只有他们两人在一起时,艾莉总是会选择离开去别的什么地方。渐渐地,艾莉习惯了这种情形。到了晚上,她通常会很肯定地想,明天一早她就会去同他说,但是到了早晨光线太明亮,她又担心自己到时会脸红和慌乱,那时一切都会变得僵硬、笨拙,或许会伤害到别人。她不想以这样的方式去说这件事……而是要细腻地、谨慎地、温柔地去说,但是同时又应该以一种肯定和坚定的方式完成。这样的话,硕士就会变得更加忧伤,也因而会变得似乎更加雅致。有时当艾莉见到他头沉在手臂中坐在那里时,几乎会感到一丝对他的怜悯;当他抬起头时,他那时的眼光显得惊恐不安,甚至会很谦卑。艾莉打心底受不了这些,唯愿让他能够变得幸福、满足——与另一个人在一起。

在一个礼拜日,艾莉去参加圣餐祷告,硕士正在作忏悔演讲。艾莉自始至终一直在观察着他。当他身着黑色长袍在白色圣坛祭布的衬托下站在那里时,她觉得有那么一种严肃甚至庄重的感觉。

当他分发圣餐时,他目不斜视地庄严地挨个走到每一个人面前,用他那深沉的胸腔声音对每一位忏悔者说着圣餐祷词，在艾莉两侧的夫人们都哭出了声，她自己的泪水也在不知不觉间润湿了眼眶。在那一刻，硕士身上的那种日常琐事般的俗气似乎消失了，而这正是他身上最让艾莉感到厌烦的一点。

在同一个礼拜日吃晚饭的时候，艾莉突然把面包篮递给了他。硕士仿佛很惊讶地看了她一眼，艾莉感到一阵心慌意乱，脸也红了。

在此之前，她一直试图尽可能少地对他表现出友好和礼貌。

相反，爸爸则几乎是把硕士捧在手心里。他在他们面前互相提及对方，对待他们就像是对待准订婚的一对一样。他还与他们一起以你相称干杯。硕士在那之后开始对艾莉以名相称，艾莉则试图避免以任何方式称呼硕士。

冬天来了，天下雪了，地上冻了，路面冻得嘎吱嘎吱响。爸爸买了一匹漂亮的马和一副舒服的雪橇，安排硕士和艾莉两个人驾着马拉雪橇出去玩。艾莉一起去了，但是每次她都很奇怪自己怎么就真的去了。但是事情又往往总是这样，她无法在不破坏爸爸的好心情和不造成不愉快的情况下拒绝前往。他们在大路上心情愉悦地乘着马拉雪橇，路旁是向外伸展的光滑雪面和挂满了白霜的桦树。他们走了很长一段路，这时便不得不聊点什么。不过话题只是围绕着路边的事物展开，聊及房屋、马匹和对面过来的行人。

但是在艾莉方面，原先那种紧绷的神经和僵硬的举止却因此而逐渐消除。随着雪橇向前滑行，马儿铃铛发出欢快的叮当声，艾莉的心情感到片刻的轻松，她几乎想要有个决定以便能够投入那样一种每个人很可能都要过的生活中去，她有时似乎期待着想要看看那到底会是一种什么样的生活。她会突然成为一位夫人,一位牧师夫人,也许还会是一位高级牧师夫人,她有时会像闹着玩似的这样想象着,想着想着,嘴角就会露出笑容。

但是硕士从来没有直截了当地谈起这件事,而仅仅是时不时地遥有所指地暗示。其他人也没有再谈起过。但是一切迹象都表明,他们认为就她而言,这仿佛是一件已经确定下来的事了。就连对面走过来的人打招呼时,也都会意味深长地微笑一下。

当他们从这样的旅行回到家中时,爸爸会神秘地微笑着问,**他们**去哪里了以及**他们**是否开心。

而当艾莉默默地接受了这一切后,她感觉假如有人再向她提出什么要求,她也会一天天地失去了拒绝的权力。

在那些冬日明亮的上午,当他们从外面游玩回来进入餐厅时,看到咖啡桌上赏心悦目的白色器皿已经备好,爸爸满意地坐在他的摇椅上抽着烟斗,妈妈也几乎是在高高兴兴地织着袜子,在这样的时刻,她会突然变得温柔体贴。她高兴地给大家倒着咖啡,然后无忧无虑地坐到小沙发的一角,沙发的另一角坐着硕士。

但是当晚饭后随着夜色的降临,夜晚也开始变得忧郁沉闷,她胸中又充满了令人感到无比煎熬的忧伤。她就好像是一条鱼被缠绑在一个空间慢慢收缩得越来越小的大渔箱里。她应该从哪个地方跳过去,但是当她开始寻找跳过去的地点时,又看不到边缘,不知道从哪里跳……

在那样的下午时分,艾莉会坐在自己房间的窗前许久许久,望着外面寒冷的天气,膝上放着一本还没有开始读的书。花园里的积雪已经很多,只有几个醋栗果丛和覆盆子的杆茎从冻硬了的雪面下零零星星地扑棱出来。小船已经侧身安放在渔具小屋旁边，上面覆盖着厚厚的雪。湖湾里有个冻得浑身发抖的赶路人正在蹒跚前行。太阳若隐若现地马上就要下山了，冰冷的黄里透红的光线在南边的天际继续残留了一会儿，越来越暗淡。与其相对衬的湖湾另一侧，云杉树梢裹着霜冻，看起来黑压压一片。天空的高处飘浮着一朵冷艳的云彩，仍然沐浴在落日的余晖中。艾莉总是喜欢用眼睛去寻找这样的云彩，盯着它们看，直到暗下去看不见了。

她什么都没有想，也什么都感觉不到。她的整个身心都沉浸在一种瘫软无力和对已经到来或即将到来的一切都满不在乎的感受之中。她可以接受任何事情……因为生活中并没有什么人会比另一个人更好。

可是在她心里，还是悄悄地萌生了一种情感，假如**他**在这里，那个行程没有再次指向这里而是在什么地方随便疾驰着的人，假如他碰巧来了并在这里现身！这样，即便他并不会更多地在乎她……就像他当然没有在乎过的那样……但是只要能够再见上他一面，她就能得到救赎……

就在这样的一天晚上，爸爸饭后休息完毕走了过来，一边打着哈欠一边说他得知了一个消息。

"什么消息？"艾莉问道，眼睛仍然在看着外面。

"报纸上登了，那个大学生卡尔姆……他去年夏天曾经来过我们这里……他要在国外旅行好几年。"

艾莉没有问他去哪里旅行和为了什么旅行。一阵颤抖和被压抑的叹息在挤压着她的胸膛，泪水在她的眼里转了几圈又干了。她感觉应当放纵自己去大哭一场，但是眼中却没有了眼泪。

难道没有任何人想念她，也没有人在乎她？难道在整个广袤的世界里都没有这样的人吗?

爸爸步履蹒跚地走到其他房间。过了一会儿传来硕士在爸爸房间里走路的声音,脚步声又从那里穿过客厅朝着艾莉房间门的方向过来……艾莉听到并认出了这脚步声,她没有站起来。是的,就好像她几乎是一直在期待着这脚步声一样……

是其他人而不是硕士打开了房门,她的脑子里又短暂地想起了那条鱼,那条被渔网缠得紧紧的鱼,没有其他出路只能沉到水底,举手投降。

那个念头却来无影去无踪。

但是当那件事发生以后,同样的念头又重新以这样的形式出现,即现在确实已经举手投降了。而这个念头也不会很快烟消云散。

过了一会儿,妈妈过来了。硕士已经走了,艾莉仍然坐在原来的地方。

"硕士来过了……谈到那件事了吗?"

"谈了。"

"他又问了那个问题了?"

"又问了……"

"那你说什么了?"

"我同意了。"

"那就是说你确实是爱他了?"妈妈小心翼翼地问道。

"妈妈,有一次您可是说过,女儿家必须要满足于一个她能忍受的人……"

妈妈向自己的女儿投去一道长长的探询的目光。她说的那些话中有什么讥讽的含意吗?妈妈感到,至少在那些话中有着某种对她隐含的指责。她想问问,女儿当时是不是把她的那些话都当真了,还是她现在只是无奈地说说。但是最终她还是什么都没有问。

当她走到门口时,她的良心却受到某种莫名罪过的冲击。与此同时,另外一个声音在说,也许还是这样才最好。但愿她能知道什么是对的。但是她却从来没有搞清楚这一点。

也许还是艾莉自己对什么会给她带来幸福知道得最清楚。她在过去的这段时间里有了这么大的变化……变得就像一个成年人了。这是她对妈妈最后的安慰,尽管这显得是那样动摇不定。

妈妈离开后,艾莉仍然坐在她原来的地方。

她坐了很长时间,眼睛一动不动地盯着前面的地板……

她在思考什么呢?可是当一个人把手无力地垂在裙子下摆,漫无目标地盯着前面的某一点看,谁又能知道她在思考什么呢?别人很难知道。她自己也并不是总会知道。